JN114033

「……早く、起きろ、クロエ。
……起きて、俺の名を、呼んでくれ」

第２章　美少女錬金術師は希少な飛竜を購入します。

閑話　それぞれの想いと、深まる絆

捨てられ令嬢は錬金術師になりました。稼いだお金で元敵国の将を購入します。

3

第二章
美少女錬金術師は希少な飛竜を購入します。

character

アストリア王国

ナタリア・バートリー

クロエの錬金術の師匠。魔導師としても錬金術師としても優れた力を持つ。

ジュリアス・クラフト

奴隷闘技場でクロエに買われた、敵国の元将軍。超絶美形だが、毒舌。

クロエ・セイグリット

過去の辛い経験を乗り越えて、稀代の錬金術師となった元令嬢。自称、美少女。

ロキシー

王都にある食堂デ・ザンジュを切り盛りしている。クロエのお姉さん的存在。

シリル・アストリア

クロエの元婚約者。王位を退いた現在は、傭兵団に所属している。

ロジュ・グレゴリオ

王都の傭兵団の団長。クロエとジュリアスのことを信頼し、頼りにしている。

飛竜

ヘリオス

卵の頃からジュリアスに育てられた。とても賢く繊細。

リュメネ

ラムダが育てた雌の飛竜。ヘリオスと仲良しに。

ラシード神聖国

ラムダ・アヴラハ

元ラシード竜騎兵隊長。飛竜の改良をよく思っていない。リュメネの育ての親。

ルト・イヴァン

刻印師であり、強力な魔導師。サリムの妹で、兄の身を案じている。

ジャハラ・ガレナ

プエルタ研究院の異界研究者。研究長を務める。

サリム・イヴァン

フォレース探究所の所長。ミンネの婚約者。サマエルに体を奪われ、その際に死去。

レイラ・ファティマ

公爵令嬢で、ファイサルの婚約者。クロエたちに力を貸してくれる。

ファイサル・ラシード

王弟でレイラの婚約者。レイラと国を守るために、シェシフと袂を分かつ覚悟を決める。

ミンネ・ラシード

王妹でサリムの婚約者。サリムを生き返らせるために、メフィストと契約してしまう。

シェシフ・ラシード

聖王。サリムが悪魔に操られていると知りながら、側に置いている。

悪　魔

サマエル

サリムを乗っ取った上級の悪魔で、美しい少年の姿をしている。「死の蛇」と呼ばれている。

メフィスト

元は四枚羽だったが、ジュリアスに切られ三枚羽に。知性が高く、サマエルを敬愛している。

◆死の蛇サマエル

一陣の風のように、ヘリオス君が空を駆ける。

ルトさんの魔法に捕らわれずに追いすがってくる飛竜の魔獣を、ジュリアスさんの槍が切り裂く。

のっぺりした人間の白い顔の、焦点の合わない瞳がぎょろりと虚空を見つめて、大きく赤い口がぱっくりと開いている。鍾乳石のようなつるりとした歯列と、ぬるりとした舌。私をひと飲みにできそうな巨大な虚が口の中に覗いていた。

食らえ――と、サマエルは言った。

考えたくない事実に気づき、私は唇を嚙む。

がちがちと歯音を鳴らしながら、襲い来る飛竜の魔物をヘリオス君はひらりとかわし、そのたびにジュリアスさんの槍が魔物の体を裂いて、どこまでも青い空に赤い血しぶきを散らした。

シェシフ様の放った宝石鳥の包囲網を、アレス君の大きく硬い体が鳥を弾き飛ばすようにして強引に進んでいく。アレス君の体に傷ができて、濃い紫色の血液がそこここから流れている。

それでも、ファイサル様はシェシフ様に向かいまっすぐに進んでいる。

私たちも、行かなければ。

――砂漠に落ちた亡骸は、砂に埋もれてしまう。

砂漠の底には、いくつもの亡骸が埋まっている。ラシード神聖国に来るときに、ジュリアスさんがそんなことを言っていた。

このままサマエルを野放しにしてしまえば、砂漠に埋まる亡骸は今よりずっと、もっと、増えてしまうだろう。

　ヘリオス君が空中でぐるりと宙返りをしたり旋回したりするたびに、世界が逆さまにひっくり返ったようになる。

　めまぐるしく変わる景色についていけず、鐙にしがみつくのに必死な私とは違い、ジュリアスさんはあくまで冷静に魔獣を退けている。首や片翼を切り落とされた魔獣が、砂漠に落ちていく。

　暗く分厚い雲間を抜けるように、ヘリオス君が落ちる魔獣たちの狭間からまっすぐ高度を上げる。

　空の高い場所にまるで座るように脚を組んで私たちを見下ろしていたサマエルまで、一気に駆け上がるように近づいていく。

　眼前に現れた私たちに動揺した様子もなく、サマエルは口元に笑みを浮かべた。

「やっぱり、あんな混じり物じゃあ、駄目だったね。けれどまぁ、楽しい余興にはなっただろう？」

　にっこりと微笑んで、まるで褒められたい子供のような口調でサマエルは言った。

「酷いことを……皆を元に戻してください！」

「クロエ、錬金術師のお前にならわかるだろう、一度混じり合った素材を、元の姿に戻すことはできない。人と竜を殺すのは楽しかったかな、ジュリアス。血が疼くだろう、お前の中の人殺しの血が」

　肌を舐めるようなねっとりとした声で、サマエルはジュリアスさんを呼んだ。

　まるで皮膚の上を蛇が這いずっているように、ぞわりと悪寒が走った。

　私が反論する前に、ジュリアスさんが口を開く。

「黙れ。御託はもういい。お前の声は、聞き飽きた」

冷静さの中に、激しく深い怒りを感じた。

ジュリアスさんは、なによりもヘリオス君を大切に思っている。飛竜を傷つけたくなんてなかったはずだ。

私も、同じ。

「いいのかな。私を殺すと、ミンネは死ぬ。愛する者を救うために命を捧げたサリムの願いを、それから、ミンネを守るために堕ちた聖王シェシフの思いを、無に帰すのだね」

「知ったことか」

「本当は誰にも死んで欲しくない。傷ついて欲しくない。でも、全部を守るなんて、とてもできそうにありません。一つだけ確かなことは、私はあなたを、見過ごせない。このままでは、傷つく人がもっと増えてしまう！」

「所詮は他人事だからそんなふうに言えるのではないかな。世界と引き換えに愛する者が救えるとしたら、それを選択しないと、お前たちは言い切ることができる？」

「そんなことをせずとも、自分自身の力で守り切る。それができないときが来るとしたら、それが俺の死ぬときだ」

サマエルの問いに、はっきりと答えるジュリアスさんとは対照的に、私は一瞬言葉に詰まってしまった。

そんなこと――考えたこともなかったからだ。

「クロエ！」

ジュリアスさんの声で、我に返る。

今は考え込んでいる場合じゃない。私は私の力で、大切な人たちを守ればいいだけなのだから。

私は千年樹の杖をジュリアスさんの槍に向けた。

「熾天使ミカエル、我が呼び声に応えよ！　猛き燃ゆる聖火にて闇を穿ち黎明を齎せ！　神世の剣！」

ジャハラさんからもらった本に書いてあった、破邪魔法の呪文を思い出す。それは不思議と、昔から知っている祝詞のように、身に馴染んだ。

奇妙な懐かしささえ感じる。

まるで――お母様に髪を撫でられているような、優しい風が体を包んだ。けれどそれは一瞬で、一気に魔力を搾り取られるような酷い脱力感を覚える。

体勢を崩さないように、私はしっかりとヘリオス君の背中の鐙の持ち手を片手で握りしめた。

空から一筋の光が、雷のように落ちてくる。

それはジュリアスさんの持つ黒い槍を、白く変化させた。

輝く白い槍には、中央に赤い色で見たこともない文字が入っている。白い羽が舞い散り、粒子のようにほころび消えていく。

光が収まると、私の脱力感も少し収まった。

けれど――今までの破邪魔法とは、違う。根こそぎ魔力を持っていかれたような気さえする。

「ごめんなさい、ジュリアスさん。これ、何度も使えそうにないです」

「問題ない。一太刀で、殺す。行くぞ、ヘリオス！」

ジュリアスさんの力強い声に返事をするように、ヘリオス君が大きく一度羽ばたいた。

「いいよ、おいで。相手をしてあげよう」

サマエルの背後の空に、黒い虚がいくつも現れる。

その虚から伸びる黒い手が折り重なり、羽の生えている黒い蛇の姿に変わっていく。

風を切りながらサマエルのもとへ向かうヘリオス君に、羽の生えた蛇が群がる。

ジュリアスさんはヘリオス君の上で片膝を立てるようにして立ち上がると、とん、となにもない空に向かって飛んだ。

蛇の背を足場にして、襲い来る蛇たちを軽々と切り裂くジュリアスさんの姿に――サマエルはなぜか、無邪気に瞳を輝かせて喜んでいるように見えた。

「すごい。こんなに力を使ったのは、久しぶりだよ。あれはいつだったかな、天使の軍勢と戦って以来か。何年前だろう。すっかり忘れてしまったけれど」

「お前の昔話になど興味がない。死ね！」

消えていく蛇の背中から飛び降りながら、ジュリアスさんが白い槍を大きく振り被（かぶ）る。

目視できないほどに素早い一撃は、白い落雷のようだった。

ヘリオス君がジュリアスさんを受け止めるためだろう、サマエルの下へと回り込む。

槍は、サマエルの背中に深々と突き刺さり、腹のほうまで貫通しているように見えた。

それでも断末魔（だんまつま）の声さえ上げずに、翼を羽ばたかせて逃げようとするサマエルの四枚の羽のうちの一枚を、ジュリアスさんが摑んでいる。

ジュリアスさんは腰に下げていた剣を抜いて、サマエルの首に向ける。

白刃（はくじん）が煌（きら）めいた瞬間――それは、起こった。

「メフィスト、出番だよ」

「随分待たされました。退屈で、死んでしまうかと思いました」

吐き気さえするような恐ろしい気配が、私のすぐ後ろにある。

それは――私の体を背後から抱きしめるようにして、羽交い絞めにした。

「クロエ！」

ジュリアスさんの声がする。

ヘリオス君が焦ったように鳴き声を上げている。

私の体は強引にヘリオス君の上から引き離された。

足が宙に浮く。腹に回っているのは男の腕で、背後を睨みつけるとそこには――二つの角と、羽を一枚失った、三枚羽の悪魔メフィストが、最後に見たときと同じ顔で嗤っていた。

「さぁ、お前は世界か、愛する者か。どちらを選ぶか、もう一度私に教えて欲しい」

サマエルがジュリアスさんを見つめる。

好奇心に輝く瞳には、殺意も憎悪もない。まるで、子供の成長を見守っているような視線に感じられる。

ジュリアスさんが、サマエルの背中から槍を引き抜くと、素早くその体から離れてヘリオス君の上へと戻る。

――私を助けようとしてくれている。

「熾天使ミカエル、邪悪なるものに裁きの鉄槌を、神罰の……！」

残りわずかな魔力をかき集めて、私は両手に力を込める。

私を摑んでいるメフィストの腕に向かい、魔法を放つ――。

どれほどの威力が出るかはわからないが、拘束は解けるはずだ。けれど、私の呪文が構築される前に、私たちの足元に真っ黒い穴が現れる。

私とメフィストの体を黒い光が包み、そうして、私はジュリアスさんとヘリオス君の前から姿を消した。

◆王女ミンネ・ラシード

見渡す限りの、黄金の砂の海に唐突に現れた神殿のような場所。

それはさながら、長い間砂塵に晒されて風化した巨大な獣の骨のように見えた。

宙にぽっかりと空いた黒い虚から、私はその場所にべしゃりと落とされた。

粒子の細かい砂漠の砂がクッションになってそんなに痛くなかったけれど、砂塗れだ。

攫ってくるのなら、最後まで責任を持って欲しいわよね。せめてすとん、と綺麗に着地させて欲しい。

「痛いじゃないですか、なにするんです、礼儀がなってないですよ……！」

恐怖に委縮しそうになる心を叱咤するように、私はなるべくいつもの日常のように文句を言いながら起き上がる。

乱れたスカートを汚している砂埃をぱんぱんと払い、落としてしまった杖を拾って、無限収納鞄が無事であることを確認する。

うん、大丈夫。武器はある。

——私は、戦える。

「あいにく、レディの扱いに慣れていなくて。やっと二人きりになれたね、クロエ」

メフィストは私の目の前の空中に浮かんでいる。

羽ばたいているわけではないのに、その足は砂漠につくことはない。

幼いときに暗闇の中で一人目が覚めてしまったような、原始的な恐怖感が背筋から這い上がってくる。

「まったく、迷惑です。しつこい男は嫌われるんですよ」

「嫌悪も憎悪も私たちの糧となる。いいね、怯えながらも私に歯向かおうとする反抗的な瞳が、たまらない」

メフィストは私に手を伸ばして、私の顔に触れようとした。

「――メフィスト」

けれどそのとき可憐な声に名前を呼ばれたメフィストは、音もなく羽を羽ばたかせると石造りの神殿の奥へと向かった。

朽ちた神殿の奥に、いつの間にか若い女性が立っている。

白く裾の長い、黒薔薇の飾りが目を引くドレスに身を包み、白に近い銀色の髪にはシェシフ様のものに似た宝石をあしらった頭飾りが輝いている。

愁いを帯びたように水気を孕んだアメジスト色の瞳が、悲し気に私を見つめている。

「ミンネ様……」

聖王宮で遠目に見ただけだけれど、その面差しもどことなくシェシフ様に似ている。

ミンネ・ラシード様。

私やレイラさんと同年代に見える、美しい方だ。

ミンネ様のすぐ隣に舞い降りたメフィストに、私は杖を向けた。

「ミンネ様から離れなさい！　人質のつもりですか？」

「それは違うよ。ミンネは我が宿主だから、死んでもらっては困る。こうも短期間に宿主を変えるのは、どうにも性に合わなくて」

「……どういうことです？」

「……ごめんなさい。あなたに恨みはないけれど……私の邪魔を、しないで」

ミンネ様は震える両手を胸の前で組んだ。

悲しみと決意に満ちた瞳の奥に、炎のような輝きがある。

ミンネ様の姿が、メフィストに操られていたときのアリザと重なる。

操られ、いいように使われて、死んでしまったアリザ。今のミンネ様は、アリザと同じように見える。

――ミンネ様が、メフィストの主（あるじ）？

「ミンネ様！　メフィストは悪魔です、離れて……！　私が、助けます！」

私はアリザを救えなかった。

助けてと、私を憎みながら手を伸ばしていた、私の妹。

――今度こそ、助けたい。

使命感と責任感が、恐怖に委縮し冷たくなっていた指先を熱くさせる。

ミンネ様は、首を振った。

「そんなことは知っている。……知っていて、私はメフィストと契約を結んだの」

「どうして、なんのために？」

「私はサリム様を、救いたい。……サリム様の中にはもう、サリム様はいないのでしょう？　お兄様はそれを知っていて、私をずっと、騙（だま）して……！」

「そうだよ、ミンネ。あれはもう、サリム・イヴァンではない。サリム・イヴァンは君の命を救うために、サマエル様に命を捧げて死んだ。あの中にいるのは、どこまでも残酷な、死の蛇サマエル様。サリムの皮に包まれたサマエル様を追い出し、サリム・イヴァンの魂を呼び戻せるのは私しかいない」

　子供に言い聞かせるように甘ったるい声で、メフィストはミンネ様に囁いた。

「……それは、嘘です。ミンネ様、甘言に惑わされないでください……！　メフィストは嘘つきです、サリムさんを救うなんて、嘘に決まっています！」

　全てが偽りではないけれど、メフィストが望みをかなえてくれるとは思えない。

　だって――メフィストは、アリザを殺した。

　ミンネ様は私の言葉なんて聞きたくないというように、両手で耳を塞いだ。

「ごめんなさい、ごめんなさい……私には他にすがれるものがないの、ごめんなさい……！　だから、メフィストの邪魔をするあなたは、死んで……！」

「ミンネ様、心を強く持ってください！　悪魔に惑わされないで！」

「あなたにはわからない！　サリム様がいない世界なら、壊れてしまえばいい……救えるのなら、蜘蛛の糸のような頼りない希望にでもすがりたいもの！　それがたとえ、悪魔だとしても……！」

「命じて、ミンネ。私にどうして欲しい？　私は君の刃。君の傀儡（くぐつ）。君の望みはなんでもかなえてあげる」

　それはまるで、甘い毒のようだった。

　ミンネ様はすがるようにメフィストを見上げる。それから小さな声で言った。

「あの子は、邪魔なのでしょう、メフィスト。サリム様を救うため、あなたの邪魔になるというのなら、どうか……消してしまって……！」

私は唇を噛んだ。ミンネ様の感情が、震える声から痛いほど伝わってくるようだった。

――もし、私がミンネ様だったら。

サリムが、ジュリアスさんだとしたら。

私も――道を、踏み外してしまうのかしら。

「……違う」

それは――違う。

自分一人のために、数多の命を犠牲にしたいなんて、思えない。

私もきっとあがくだろう。ぼろ屑のようになっても希望がある限り、あがき続けるはず。

けれど悪魔にすがろうとは、思えない。

「悪魔は、人と契約をしなければこの世界には長くとどまれないそうですね。だからあなたは、アリザちゃんやミンネ様を惑わせたんですね……」

「それは少し、間違っているよ、クロエ。私の宿主は、これで三人目。アリザがいらなくなって、私は一人。一人この世界にとどまることは難しいから、新しい宿主を探した。そしてそれは、簡単に見つかった」

メフィストが優雅な仕草で、そっと虚空を指さした。

そこには、異界の門が現れる。

人間の手や体が折り重なるような形をした白い扉が、組み合わさる指をほどくようにして、ぎ、ぎ、と耳障（みみざわ）りな音を立てて開いていく。

「私を必要としている人間は、案外多くいるものでね。——名前は、なんと言ったっけ。印象が薄かったから、忘れそうになるね。ええと確か、エライザ……だったかな」

「……エライザさん」

エライザさんと、その父親のコールドマンさんは、アストリア王国であの事件の後に捕縛されて、牢に入っていた。

それからエライザさんは牢から逃げてラシードに向かい、シェシフ様の庇護（ひご）のもとにあったようだった。

嫌な予感が、胸をよぎる。

この感じは二度目だ。

一度目は、お父様だった。

メフィストは私のお父様を、——魔物に変えた。

「今回の余興はあまり衝撃的でもないかな。君にとっても印象が薄いだろうクロエ。エライザは君を嫌っていたし、君にとっても、まぁ、どうでもいい存在だったはず。だから、どうとも思わないかもしれないけれど」

異界の門から、のそりと魔物が現れる。

禍々しく、そして酷い腐臭に似た瘴気（しょうき）が、あたりに漂いはじめる。

口の中に苦いものがこみ上げてくる。

あまりのおぞましさに、私は口を両手で押さえた。

◆なれの果て

嫌な予感というのは、往々にして当たってしまう。

今回はその中でも、一、二を争うぐらいに、最悪な予感が的中してしまった。

異界の門からのそりと現れたのは——見たこともない魔物だった。

陶器のように白い女性の顔には、口枷が嵌められている。私よりも頭が三つ分ぐらい大きいその女性は、不自然なほどに長い腕に美しい少年の首を抱いている。

少年の顔もまた、白い石像のようだ。感情は読めない。彫刻のように美しい造形だけれど、どことなく禍々しい。

白い布に包まれているようなその彫刻の腰のあたりから、唐突に二本の太い腕が生えている。筋肉の盛り上がった太い腕の、ごつごつとした手の指には、いくつもの大きな宝石のあしらわれた指輪が嵌められている。

その魔物のようなものの下半身は、いくつもの節と長い脚のある、蟲に見える。

黒く硬そうな胴体は濡れたように光り、胴体の節一つ一つから左右に生えている同じく黒い脚は、人間の手の形に似ている。

「面白いことを思いつくものだよ。生き物同士を混ぜ合わせて、別の生き物を作るなんて。人間というものは、どこまでも残酷だね」

肩をすくめながら、メフィストが言う。

私の杖を握る手のひらに、じわりと汗が滲んだ。

「まさか、あなたは……」

「以前君の父親を魔物に変えたときとは少し違うよ。あのとき私は死んだ君の父の魂を弄ったのだけれど、毎回同じでは芸がない。いらなくなったエライザと、それから、エライザを大切にしていた父親と、エライザを愛していた護衛の少年を、全員綺麗に混ぜ合わせてあげたんだよ」

「……なんてことを」

「ほら、見てごらんクロエ。実に幸せそうな姿だ。愛し合う者同士なのだから、一つになれてさぞや幸福に違いない。生きたまま、錬金窯に入れてあげたら、あまりにも嬉しかったのだろうね。本当に素晴らしい悲鳴を、体が溶けるまでずっと上げていたよ」

「私はあなたを許さない……！」

全身が焼けつくように熱く、皮膚がちりちりと痛むような気がした。

エライザさんやコールドマンさんが、一体なにをしたというのだろう。

こんなふうに貶められていいわけがない。

なんて――酷い。

許せない。

怒りが恐怖を吹き飛ばしてくれたみたいだ。私はメフィストを睨みつける。

「いいよ、とても心地いい憎しみだ。憎悪や嫌悪、怒りは、私の芸術品にとって最高の賛辞だよ」

メフィストはそう言って、唇を赤い舌で舐めた。

どうしよう。

どうすればいいのだろう。

混じり物にされたエライザさんたちがまだ生きているとしたら、助けたい。

でも、どうやって――。

その混じり物は、硝子（ガラス）が震えるような悲鳴じみた声を上げながら、真っ白な彫刻の瞳から血の涙を流しはじめる。蟲は全身をぶるぶると震わせて、鎌首をもたげた。

私に向かいその巨体を振り下ろしてくる。

咄嗟（とっさ）に転がって避けた瞬間、私のいた場所は、宝石の指輪のついた丸太よりもずっと太い腕で殴りつけられて、ぽっかりと穴が空いていた。

「一撃を受けたらひとたまりもないですね。なんせ私は、ジュリアスさんと違って身体能力はか弱い一般人ですし……！」

巨体からは想像もできない素早さで、その蟲は人間の手のような形状の脚で大地を蹴り上げて、跳ねる。

見上げた空から、影が落ちてくる。

私に飛びかかろうとしてくる混じり物を、転びそうになりながら走って避ける。

ずしんと、巨体が地面に着地した衝撃で突風が起こり、弾き飛ばされた私は砂地に転がった。

「無力だね、クロエ。セレスティアの子供だけれど、君はあまりにも弱い。一人では、なにもできない」

からかうようなメフィストの言葉が聞こえる。

メフィストの隣では、祈るように両手を合わせて、ミンネ様が顔を伏せている。

――できることなら、全員助けたい。

私に、力があれば。

魔力の残量から考えると、破邪魔法が使えるのは、残りほんの数回だけ。

混じり物の魔獣には有効かもしれないけれど、その体を消滅させてしまったら、恐らくエライザさんたちは助からない気がする。

助ける方法があるとすれば、それは多分、メフィストを先に倒すこと。ただの可能性にすぎないけれど、希望があるのならばそれに賭けてみたい。

私は砂に足を取られながらなんとか起き上がり、攻撃を避けながら布鞄を漁（あさ）る。

鞄の中を確認する余裕なんてないので、指先の感触だけを頼りに必要なものを探り当てて、摑めるだけ摑んで取り出した。

「いつでもどこでも油虫キャッチ！　そして捕まえて、束縛の茨（いばら）ちゃん！」

魔獣に向かい、蜂蜜色の液体の入った小瓶と、水晶の薔薇を投げる。

小瓶は魔獣の足元で割れて、中の液体が溢（あふ）れ、砂地の形状を変えはじめる。

魔獣の巨体に対してどれほどの効果があるかわからないので、水晶の薔薇はありったけ使った。それはするすると棘（とげ）のある茨の蔓（つる）を伸ばして、魔獣に纏（まと）わりついた。

茨を振りほどこうとする魔獣の足元の地面は、私の油虫に対する憎しみが形になった最強の油虫取りによって、それはもうべったべたに変化している。

あがけばあがくほどに、黄色い粘着質なべたべたが、蟲の体に絡みつく仕様になっている。

足元と全身、二つの拘束によって身動きできない魔獣は、エライザさんの顔であろう部分を、嫌々と激しく振り、じたじたと暴れた。

エライザさん、蟲扱いしてごめんなさいと、心の中で謝っておきましょう。

元に戻ったときに、今の記憶がないといいのだけれど。

「一人ではなんにもできないなんて、大きな間違いですよ！　なんせ私は世界最強の美少女錬金術師ですからね！　エライザさんたちが錬金術でこんな姿になったとしたら、元に戻す方法は絶対にあるはずです。私が探し当ててみせるので、ご心配なく！」

自分を鼓舞するために、できるだけ得意気に、自信満々に声を張り上げる。

私はメフィストに向かって杖を向けた。

それから片手で布鞄を探り、持てるだけの錬金爆弾を手に取る。

最後の悪あがきをするように、拘束されている魔獣の一部である少年の口が開いた。

呪詛（じゅそ）の言葉に似た理解できない耳障りな呪文の後に、私の頭と同じぐらいの大きさの、蠅（はえ）に似た蟲が魔獣の周囲に現れる。それは鋭いくちばしのようなものを持っていた。

「往生際（おうじょうぎわ）が悪いですね、少し大人しくしていてくださいな！」

私はまん丸い錬金爆弾の中から、緑色をしていて〝対蟲〟と書かれたものを蟲たちに向かって投げつけた。素晴らしい殺虫効果のある、夏場にはとても重宝される蟲爆弾は、蠅たちの側（そば）で弾けて白い煙を撒（ま）き散らした。

ばたばたと、蠅が地面に落ちていく。

私の前に蟲などは無力である。

これはなんというか、私の師匠であるナタリアさんの汚部屋と戦った成果でもある。ナタリアさんと同居しはじめの頃の錬金術店に比べたら、広い砂漠で出会う蟲なんてちっとも怖くないのよ。

「さぁ、観念なさいメフィスト！　最近ちゃんと呪文を覚えた破邪魔法で、叩きのめしてあげますから！」

「それで勝った気でいるのかな。虚勢もここまでくると、滑稽で愛らしいね」

メフィストは口元に指をあてて、軽く首を傾げた。

「それにしても、弱い。元々弱い人間を混じり合わせたからだろうか。こんなに弱いなんて、なんの役にも立たない。楽しいのは、混じり合わせているときだけだったね、残念だよ」

メフィストはばさりと空を飛んで、茨で拘束されている魔獣の胴体の上に軽々と降りた。その体をいたわるように軽く撫でると、口元に残酷な笑みを浮かべる。

「もういらないね、これは。どうせ死ぬのだから、最後に私の魔力を分けてあげよう」

蟲の胴体に触れた手のひらから、魔獣に魔力が注がれていく。

その体は不格好に膨れはじめ、断末魔のような悲鳴が上がる。

――このままでは、いけない。

背筋を冷たい汗が流れ落ちる。

「……熾天使ミカエル、我が呼び声に応えよ！　全ての悪しきものに裁きを――」

一瞬、ためらってしまった。

今ここで魔法を使ったら、エライザさんたちを巻き込んでしまうのではないかと。

ためらいが、詠唱を遅らせた。

不格好に体を膨れ上がらせた巨大な蟲の太い腕が、巨大な鎌のように変化する。その鋭利な切っ先が、なんのためらいもなく私に向かって振り下ろされる。

痛みはない。ただ、わけのわからない衝撃が私を襲った。

――視界が、黒く濁る。

それと同時に、体の中からなにかあたたかいものが溢れるのを感じた。

◆セレスティア・セイグリットの記憶

――私は、どうなったんだっけ。

どうにも体がふわふわとしておぼつかない。

痛みはないし、苦しさもないのだけれど、突然長い夢から醒めたように、唐突に記憶が途切れている。

白くぼやける視界が徐々に焦点を結ぶ。

黄金色の砂漠がどこまでも続いている景色の中に突然現れた、朽ちた神殿のような建物の前に、私が横たわっている。

それはまるで糸の切れた人形のように見えた。

私の腹部には、巨大な蟲の鋭利な鎌へと変化した腕が、深々と突き刺さっている。

風も雲も魔獣も皆動きを止めている。

時が止まった世界で、私は一枚の絵のような景色を空から眺めていた。

恐怖は感じない。それどころか、あたたかい温もりに包まれているような安心感がある。

私の体を背後から誰かが抱きしめている。

「クロエ」

春風のような声が、鼓膜を揺らす。

私を抱きしめているたおやかな白い手。柔らかく心地いい陽だまりの中にいるような、優しい香りが私を包み込んでいる。

振り返らなくても、そこにいるのが誰なのかわかる。切なさと愛しさで、胸の奥が軋んだ。

そっと振り返ると、神々しく輝く四枚の白い羽を持った天使が、私を心配するような表情で見つめていた。

「……お母様」

私が天使を呼ぶと、天使は小さく頷いた。

セレスティア・セイグリット。

私が十三歳のときにご病気で亡くなったお母様だ。

私の記憶の中のお母様とそっくり同じ姿だけれど、ただ一つ違うのは、四枚の白い羽があること。

けれど最初からそうであったかのように、違和感はまるでない。

——ジャハラさんの予想通り、私のお母様は天使だったのね。

こんなときなのに、私はなぜだかお母様がいつか言っていた「人間は夜の九時以降にご飯を食べたら太るのよ」という教えを思い出していた。

「クロエ、ごめんなさい。あなたに、苦しい思いをさせてしまって。もう少しだけ、頑張ることはできる?」

お母様が、悲しそうな表情を浮かべて私に尋ねた。

「もちろんです、お母様! 私はこんなところで死んでいる場合ではありません、力を貸してくれますか?」

迷う必要なんてない。

私は倒れるわけにはいかない。

私が死んでしまったら——ちょっと横暴ですぐに不機嫌になるけれど時々優しいジュリアスさんの面倒を、誰が見るというのだろう。

——他の誰かにそれを任せるのは、そうね、かなり、嫌よね。

「王子様が見つかったのね、クロエ」

「はい！　ジュリアスさんはすぐに人を威嚇しますので、王子様と呼んでいいのかどうかわかりませんが、……とても、大切な人です」

お母様は私の体を、ぎゅっときつく抱きしめた。

「……クロエ、私の自慢の娘。罪を犯してしまった私だけれど、あなたは私たちの子供。あなたは希望。天使長様たちも、あなたを見守っているわ」

お母様は悲しみを湛えた表情を、明るいものに変化させて、にっこりと微笑んだ。

きらきらと輝く粒子となって、お母様の体が消えていく。

それと同時に私の中に、あたたかく穏やかな春の陽光のような力が満ちていく。

意識が濁る。

目を閉じると、全く違う景色が瞼の裏に浮かび上がった。

景色が、蜃気楼のように揺らいでいる。

ここはどこなのだろう。

天使長ミカエル様が、堕天使ルシファーを打ち滅ぼした。

私はミカエル様の補佐官として軍勢を率いて悪魔たちと戦い――それから。

あぁ、そうね。

私は次々と羽をもぎ取られていく仲間たちを守るために、先陣を切って戦った。

悪魔たちを退けたのはいいのだけれど、私も両翼を全てもぎ取られて、真っ逆さまに落ちたのだわ。

落ちた先には、異界の門が開いていた。

決してくぐり抜けてはいけないと言われていた、人の世界へ繋がる門。

こちらの世界と私たちの世界は、繋がっているけれど、違う場所。理(ことわり)が違う。限りある命を生きる世界。永遠を生きる私たちとは、なにもかもが違う。

時間の流れも、生命の成り立ちも。

私たちはこちらの世界に長くとどまることができない。

神の作り上げた不可侵の約束が、世界を隔てている。

だから私たちは、こちらの世界ではいずれ体が粒子となって、消え失せてしまう。

「……大丈夫か？　酷い怪我だ」

異界の門が徐々に閉じていく。

帰りたくても、翼を失って飛べないし、起き上がることもできない。

仕方ないと諦めてぼんやりと空を見つめていると、私を覗(のぞ)き込む人がいる。

精悍(せいかん)な顔をした、若い男性だ。羽はない。だから多分、人間なのだろう。

その人間は私を力強い腕で抱え上げて、自分の屋敷に連れて帰ってくれた。

多分、私は初めて恋をしたのだと思う。

　クローリウス・セイグリットという名前の男性は、私の事情を探ることもなく、私が元気になるまで甲斐甲斐しく世話をしてくれた。

　羽のない私はまるで人間のように、体の傷が治ると元気を取り戻した。

　けれど、私は消えてしまう。

　クローリウスになにも伝えられないまま、体の傷が治っていくのと比例するように、徐々に体から魔力が失われていくのを感じていた。

　そんなある日、クローリウスが私に言った。

「私はあなたを愛している。あなたを失いたくない。私と結婚して欲しい」

　天使だったときには感じたことのない気持ちが湧き上がってくる。

　愛しい、恋しい、幸せ。

　私の命は短いかもしれない。けれど私は、少しでも長くクローリウスとともにいたくて、それを受け入れた。

　後から聞いた話だけれど、クローリウスは私が天使であることを知っていたらしい。

　私をこの世にとどめるためにはどうしたらいいのかを何度か他国に渡って懸命に調べて、結婚という契約を、私と結んだのだという。

　それはそれで大切な理由だったけれど、「そんな理由で結婚をしたの？」と拗ねる私に、「もちろんあなたを愛しているからだ」と、うろたえながら言っていた。

　クローリウスと結婚してからしばらくすると、ミカエル様が私を呼ぶ声が何度も聞こえるようになった。

――セレスティア、人の世にとどまることは許されない。それは私たちが、人には大きすぎる力を持っているからだ。人の理さえ歪める力は、争いの火種になる。

私は翼ある天使であったときには絶対だったミカエル様の言葉を、聞こえないふりをした。

――セレスティア、異界に戻れ。人と交わることは許されない。それは、罪だ。不可侵の約束を反故（ほご）にして人と交わり子を成せば、お前に神罰が降る。

私はそれも無視をした。

だって、私も人と同じように、愛する夫との間に子供が欲しかった。

クローリウスは私の体を気遣って子供はいらないとずっと言っていたけれど、私は何度もクローリウスを説得して、我儘（わがまま）を押し通した。

そうしてクロエが生まれた。

大切な私の宝物。

ミカエル様の声の通りに私には神罰が下ったのだろう。

徐々に、体の力が失われていって、起き上がることも大変になってしまったけれど、私は幸せだった。

異界での長い戦争に、ひとまずの終止符が打たれたからだろうか。人の世界に興味を持った力の強い悪魔たちの気配を、私はずっと感じていた。

クロエは私の力を受け継いでいる。

それは悪魔を打ち滅ぼすことができる、天使の力。

力の座天使（ざてんし）であった私よりもずっと強い、未知の力。

それは人間の可能性を秘めたもの。

だから私は残された自分の力を使って、クロエや私、クローリウスの居場所を悪魔たちから隠していた。

けれど——もう、限界かもしれない。

私の命は、もうすぐ尽きる。

だとしたら、残された最後の力を使い切って、大切な家族に聖なる守護を与えよう。

まだ幼いクロエが、そしてクローリウスが、悪魔から身を守ることができるように。

それは悪魔に命を奪われそうになったときに、一度だけ身を守ることができるもの。

なんの役にも立たないかもしれないけれど、今の私には、それぐらいしかできることがない。

◆覚醒／助力

頬に、じゃりじゃりとした砂の感触がある。

森の奥で密やかに湧き続ける清らかな泉の水のような力が、心臓から指の先まで漲っていく。

血液が沸騰するように、体が熱い。まばゆい光に、全身が包まれている。

砂漠に蹲る私の背中から、私の体よりもずっと大きな、美しい白い羽が四枚生えている。

私を中心に、光が溢れる。

それは砂の上を舐めるように円形にどこまでも広がって、魔獣の姿も、ミンネ様も全て覆い隠していく。

「お母様……！　どうか、私に力を……！」

軋む体を叱咤して、腕を曲げて砂を摑む。私の視界には、黄金色の砂地が広がっている。私の意識は、私の体に戻った。途端に、体の重みを強く感じた。

靴底で砂を踏み、体を起こそうとする。

顔を上げると唐突に、体の重みがなくなったように、すんなりと立つことができた。

私の背から生える白い羽が枷をなくしたように、のびのびと二度三度羽ばたいた。

これは——きっと、お母様がくださった、守護の力。

お母様の命と引き換えに、私に与えられた、一度だけのもの。

春風とともに運ばれてきた花の香りのような、甘く優しい空気が私を包み込む。

それは、ほんの一瞬のことだった。

神聖な光が消え失せるのと同時に、背中の羽も粒子のようにきらきらと光りながら薄れ霞み、何事もなかったように消えていく。

同時に強い脱力感を覚えて、再び私は砂の上に膝をついた。

「エライザさん……」

見上げるほどに大きかった魔獣の姿はなくなり、その代わりに私の視線の先には、エライザさんと、コールドマンさん、それから、名前も知らない少年が折り重なるように倒れている。

ミンネ様はがっくりと膝をついて、震える自分の体を抱きしめるようにしていた。

私は重い体を叱咤して、転がるようにエライザさんたちのもとへと向かう。

近づいて呼吸を確認する。規則正しく胸が上下している。宝石があしらわれた豪奢なドレスも髪も、砂塗れでぼろぼろだけれど、ただ気絶しているだけのように見えた。

「よかった、エライザさんたちが、無事で……」

ほっと息をつく。

それと同時に、勝ち誇ったような耳障りな笑い声が、静寂を切り裂いた。

「あ、はは……！　はは……！　セレスティアの守護とはこんなものか……！　守護の力が消えた君は、今まさに、無力でか弱いただの人間に戻ったというわけだ……！」

空から悪夢が来訪するように、メフィストが舞い降りてくる。

傷一つ負っていないメフィストは、楽しくて仕方がないとでもいうように、体をくの字に曲げてひとしきり笑った。

「使えない混じり物だと思ったけれど、実によくやってくれたよ。セレスティアの守護とは、死にかけた君を一度だけ守るものだね。忌々しい聖なる力だけれど、もう、終わりだ。君の持つ守護が未知数だったせいで、直接手を下すのはためらっていたけれど、これで、君のことはいつでも殺せるようになった」

「甘く見てもらっては、困りますよ……！　これで人質はいなくなりました、世界最強美少女錬金術師クロエちゃんの本領発揮も、これからですので……！」

私はふらつきながらも、なんとか立ち上がった。けれど、酷い脱力感に再び膝をついてしまう。

――どうしよう。

魔力も、体力も、根こそぎ持っていかれてしまったみたいだ。

指一本動かすことさえ、辛い。

このまま目を閉じて、眠ってしまいたい。

空に浮かぶメフィストの周囲の空間が捻じれて、そこから光沢とぬめりけのある体をした、太くて巨大な蛇が何匹も現れる。

その蛇は、いつかアリザが呼び出していたものと似ている。

「いいね、その、不安に彩られた瞳。ここで君を殺したら――ジュリアスは絶望するのだろうね。絶望し、私や人間を憎み、それから、あぁ、とても楽しみだ……」

うっとりと夢を見るような口調で、メフィストは言う。

倒れてる場合じゃないわよ。

私は、ここで死ぬわけにはいかない。

ジュリアスさんのため、自分のため。

それから私の命を繋いでくれたお母様や、私を守ろうとしてくださっていたお父様のためにも。

（でも、どうしたらいいの……？　私に、なにができる？）

魔力は底をついている。

破邪魔法さえ使うことができれば、あの蛇たちには負けたりしないのに。

私はきつく、砂を握りしめる。

「さぁ、ご飯だよ、お前たち。今日は人間をたくさん食べさせてあげよう」

メフィストが蛇の顎をそっと撫でた。

蛇が空を泳ぐように、私に向かってくる。

私は無限鞄の中を漁る。なにか、なにかできることがあるはず。

考えている暇はない。せめてと、錬金爆弾を掴んで取り出す。

「やめて……！　もうやめて、メフィスト！　もう、十分です……！」

ミンネ様の悲鳴に似た叫び声が響く。

自分を抱きしめるようにして蹲っていたミンネ様は、泣きながらメフィストを、懇願するように見上げている。

「静かに、姫君。君の願いはもうすぐ叶えられるのだから」

「もう、いい、いいの……もう……」

「少し、黙っていてくれるかな」

ミンネ様の足元から、ずるりと黒い手のようなものが何本も生えてくる。

人の手の形をしたそれは折り重なり、鳥かごの形を作り上げて、ミンネ様を中に閉じ込めた。

鳥かごから伸びた黒い手が、ミンネ様の口を背後から塞ぐ。くぐもった声とともに、大きな瞳から涙が次々と流れ落ちていく。

「……っ、弾けて、錬金爆弾！」

純粋に攻撃力に特化した赤く丸い形の錬金爆弾を、蛇に向かって投げつける。

いくつかの蛇にぶつかった錬金爆弾は、爆音とともに燃え盛り、蛇の体に炎を纏わりつかせる。

何匹かの蛇の腹に風穴を空けることはできたけれど、それだけだった。

蛇は傷を負ってもなお、鋭い歯を持った口を大きく開けながら、私に襲いかかってくる。

蛇に死という概念はないのかもしれない。

私は、エライザさんのもとまで這いずるようにして向かい、その体を庇うように、覆い被さった。

逃げられない。

――もう、駄目なのかしら。

こういうとき、いつもジュリアスさんが助けに来てくれた。

けれど今は――空にヘリオス君の姿は見えない。

広い砂漠の中で、私の姿を探すのはきっと至難の業だ。

それに、ジュリアスさんもサマエルと戦っているはず。

だから私は、一人でも勝たなければいけなかったのに。

じわりと、涙が目尻に滲む。

絶望がひたひたと足音を立てながら、私の心の中に忍び寄ってくる。

「天より来たれ大いなる使者！　払い清めろ、神龍の息吹！」

そのときだった――。

力強い詠唱が、響く。

言葉とともに、空から何本もの光線が蛇たちに向かって放たれて、その体を貫き焼いた。

内側から弾け飛ぶようにして、蛇たちが消えていく。

砂埃で、視界がけぶる。

霞む景色の先に、箒が浮かんでいる。

箒には――少々露出の激しい魔女服を着て、三角帽子を被った妖艶な美女が跨っていた。

「私の弟子を、虐めてるんじゃないわよ！　この性悪悪魔！」

はっきりとした大声で、メフィストに向かって啖呵を切っているその女性を、私は知っている。

「ナタリアさん……！」

ナタリアさんは、私をちらりと振り向くと、美しい顔に蠱惑的な笑みを浮かべた。

赤い唇が三日月のように弧を描いている。

それは私の師匠であるナタリアさんの、懐かしい、自信に満ち溢れた笑顔だった。

ナタリアさんは箒を反転させて私に向かってひらりと飛んでくると、黒いレースの手袋に包まれた手を差し伸べてくれる。

私は油が切れた扉のように軋む体を、ナタリアさんの手を掴んでなんとか起こし立ち上がった。

にいっと笑む赤い唇は記憶にあるものそのままなのに、桃色を通り越して緋色に近い瞳は、私の知っているそれとは違う気がする。

ナタリアさんと会うのも三年ぶりだから、はっきりと覚えているわけではないけれど。

「久しぶりねぇ、クロエ。大きくなったわねって言いたいけど、あんまり変わってないわね」

「ナタリアさん、どうしてここに……」

「理由なんてどうでもいいでしょ。私はピンチのあなたを助けに来た。ここは泣きながら、師匠、会いたかったって駆け寄ってくるところよね、クロエ。やり直し」

「そんな余裕ないので、また次回お願いします……！」

箒に跨りながら腕を組みふんぞり返るナタリアさんを見上げて、私は苦笑した。

(懐かしい。本物の、ナタリアさんだ)

私を拾ってくれてから、錬金術の基礎を私に教えてくれてしばらくして、ナタリアさんが唐突にふらりといなくなった。それから三年も経っているのに、ナタリアさんはなに一つ変わっていないように見える。

感傷に浸っている暇はない。

もう駄目なのかと諦めと絶望に支配されそうになっていた心に、光が灯る。

正直もう動けないぐらいに疲れ果てていて、今すぐ眠ってしまいたいけれど、ナタリアさんの前で醜態を晒すわけにはいかない。

「なに死にそうな顔をしてるのよ、クロエ。泣いても笑っても、状況が変わるわけじゃないのよ。それなら、笑ったほうがお得でしょ。どんな状況でも、最後に笑ってるやつが勝ちなのよ」

「はい！」

私は表情筋を緩める。

口元に締まりのない笑みを浮かべると、砂漠の真ん中でにやにやしている私がなんだか間抜けな気がして、愉快な気持ちになってくる。

ジュリアスさんならなんて言うかしら。

その締まりのない顔をなんとかしろ、阿呆、とかかしらね。

「弱気になってるんじゃないわよ。忘れたわけじゃないでしょうね。錬金術とは、なんだったかしら？」

「錬金術とは、どんな魔法よりも優れた、世界最強の技術です！」

「そう！　空前絶後の最強美魔女にして世界最高錬金術師、このナタリア・バートリーと弟子のクロエが、お前をぎったんぎたんにしてやるわよ、人面鳥！　名前知らないから、人面鳥でいいわね、我ながらぴったりな命名ね！」

ナタリアさんが消しとばした蛇の群れの、残滓を追うように眺めていたメフィストが、興味深げに目を細めた。

「その力、どこで手に入れた、人間？」

恐らく、ナタリアさんの魔法のことを言っているのだろう。

私も見たことのない魔法だった。

ナタリアさんは魔法使いとしても優秀なのは間違いない。けれど先ほどの魔法は、まるで命を糧にして魔法を使っているルトさんのそれのように強力なものだったのに、ナタリアさんはいつもと変わらず、元気そうにしている。

破邪魔法とも違う。あんな詠唱は、ジャハラさんからいただいた本にも記載されていなかった。

「どこだと思う？　……秘密」

唇に指を当てて微笑むナタリアさんに、メフィストは不愉快そうにばさりと翼を羽ばたかせた。

「まぁ、なんでもいい。たかが人間が一人増えたところで、虫けらが一匹増えただけのこと。君たちの死は、確定しているのだから」

「動けるかしら、クロエ。駄目そうならそこでお師匠様の勇姿を見ていなさいな」

「大丈夫です、まだ足も手も、動きます！」

「よし！」

力強い掛け声が砂漠に響き渡る。

動けるには動けるのだけれど、ふよふよ空を浮いているナタリアさんの魔法の箒が羨ましいなと思う。

大丈夫だと言ってはみたものの、砂漠の砂に足を取られてしまい、走ることもままならない。空を飛ぶことのできるメフィストと私では、機動力に雲泥の差がある。

「まずは、足止め。それから、羽をむしり取る」

ナタリアさんの冷静な声に、私は深呼吸をした。

羽の生えた空を飛ぶものを捕獲するためのなにか。確か、うってつけのものが、あったような気が――。

「うん、あった、ありました！」

メフィストは空高く飛ぶと、片手を空へと向ける。青い空にいくつもの歪みができるのがわかる。

もう一度蛇を呼び出すつもりか、それとも異界の門を、生み出そうとしているのかもしれない。

魔物を相手にしている余力なんて、今はない。

私は無限鞄を漁り、苔玉にちょこんと一本植物の双葉が生えている形をした錬金物を取り出した。

「大きく育って田んぼを守れ、対害鳥ハエトリ草！　人面鳥を捕まえて！」

「なるほどね。世界最強至高の錬金術師ナタリア様の力見せてあげる、空を覆え、捕獲の痺れ網！」

私が放り投げた苔玉を、ナタリアさんがふわりと空を飛んでキャッチする。

それからなにもない空間に手を突っ込むと、蜘蛛の巣の形をした鉄で組まれた網のようなものをおもむろに取り出して、両手でその二つを潰すようにしてぐしゃりと合わせる。

錬金窯を使わない錬成を見るのも、これが初めてだ。

そんなことができるのは、錬金術師の中でもナタリアさんぐらいだろう。

私の苔玉とナタリアさんの蜘蛛の巣の網が、ナタリアさんの手の中で混ざり合い再錬成される。

手の中が虹色に輝いて、そこに現れたのは、蜘蛛の背中から双葉が生えている、丸っこい形のなんとも愛らしい錬金物だった。

「二層錬金、対害鳥植物ハエトリグモ！」

ナタリアさんはそれを思い切り空に向かって投げる。

蜘蛛が吐き出した黒い糸がメフィストを閉じ込めるように空を覆い、大きな半円形の投網のような巣をあっという間に砂漠に張り巡らせた。

蜘蛛の巣の至る所から、口をパックリ開けた巨大なハエトリ草がにょきにょきと生えはじめる。外側が緑色で、口の中がピンク色のハエトリ草は、素早い動きでぱくぱくと口や茎を動かして、メフィストを捕縛しようとする。

メフィストは片腕をいびつな剣の形に変化させて、ハエトリ草を切り裂いた。

「こんな子供騙しで、私を捕らえられるとでも？」

後から後から襲いかかってくるハエトリ草を、煩わしそうにメフィストは避ける。

避けた拍子に大きな三枚の羽が蜘蛛の巣に触れた。

途端、羽から煙が上がる。焼け焦げるような香りとともに、翼の一部が焼けて黒い羽を舞い散らした。

「さっさと降りてきなさい。あなたたちは、魔力の塊みたいなものなんでしょ。その蜘蛛の糸には、魔封じの呪縛が施してあるから、触れたら大変なことになるわよ。元々は呪いの魔法を撒き散らす厄介な凶鳥の魔物用なんだけど、悪魔も凶鳥も同じようなものね」

「ちなみに私のハエトリ草は、田んぼのお米を食べちゃう鳥を優しく捕まえるためのものなので、殺傷能力はありません。ですが捕縛に特化しているので、空を飛び回っている限りは、羽のあるものは鳥だと認識して襲い続けますよ」

メフィストの顔に、初めて怒りのような表情が浮かんだ。

今までいやらしい笑顔を浮かべてばかりいたメフィストの表情が変わったことに、私はにんまりと笑みを浮かべた。

◆舞い散る黒羽

メフィストは作りものめいた美しい顔を怒りに歪めながら、大きく両手を広げる。

手のひらから放たれた闇色の光刃で捕縛しようとしてくるハエトリ草を切り裂き、そのままばさりと羽をはためかせると、一瞬のうちに私の目の前まで飛んできた。

「遊びはもう終わりにしようか」

ぐい、と腕を摑まれる。

ぎりぎりと締め上げられて痛みに眉をひそめた私の視界には、凶悪に尖った刃の形に変形したメフィストの片腕が映る。

「こんなに小馬鹿にされたのは、初めてだ。無力な虫けらに、この私が」

「もしかして、怒ってます？　でも私のほうがもっと、ずっと怒っていますから！　あなたのせいでアリザちゃんや、お父様、それからもっとたくさんの人たちが、命を落としました。私はあなたを許してあげません」

腕に爪が食い込んで、じわりと血が滲んだ。

痛い。痛いけれど——皆、もっと痛かったはず。

刃が私の首を捉えている。けれど、怖くない。

「だから？　力の使い方もわからないセレスティアの娘など、羽蟻（はあり）と同じ。所詮は蟻だ。ジュリアスが君を助けに来る前に、元の姿がわからないほど細切れにしてあげるよ。肉片となり果てろ、クロエ」

怒りでメフィストの瞳孔が細くなり、口角が不自然なほどに吊り上がっている。

私はメフィストを睨みつけた。片腕だけを摑まれて私の体は宙に浮いている。身動きが取れず、それしかできないけれど、なにもしないよりはずっといい。

「絶望に泣き叫んで、命乞いをしろ。お前の哀れな姿は、私を満たす」

「絶対に嫌！」

「そうか、ならばいい。君で遊ぶのも飽きてきたところだからね。それじゃあ、無残に死ぬといい」

ヒュン、と風を切る音がする。

私に振り下ろされようとしていたメフィストの刃に、なにかが纏わりついた。

「よくも、エライザ様を……！」

少年の、かすれた声が聞こえる。

見えない糸のようなものが、メフィストの腕や羽を雁字搦めにしているらしい。

邪魔くさそうにメフィストが視線を送った先には、エライザさんやコールドマンさんと一緒に倒れていた少年が立ち上がり、見えない糸を操るように摑んでいた。

ジャハラさんと同じぐらいの年齢だろうか。全身を体にぴったりとした黒装束に包んだ、私と同じぐらいの身長の小柄な少年である。

黒い髪に、仄暗く輝くアメジスト色の瞳。透けるように白い肌をした、どこか陰鬱な雰囲気のあるその少年は、手にしている見えない糸を強く引いた。

メフィストの体が糸に引きずられるようにして傾く。網にかかった鳥のように、少年のほうへと引きずられるメフィストは、煩わしそうに片手で糸を摑んだ。

メフィストの拘束から逃れた私は、砂の上にとさりと足をつく。

膝ががくんと、折れてしまう。足が萎えてしまったように、立っていることができず、砂漠のさらさらとした砂の上へと座り込んだ。

「よくやったわ、少年。あとは私に任せなさい」

ナタリアさんが私を庇うようにして、箒に乗ったまま、すい、と空中を泳ぐようにして私の前にやってくる。

「手を出すな。この悪魔は、エライザ様を惑わせ、あのような残酷な目にあわせた。僕が、殺す」

「せっかく君の愛しているエライザと身も心も一つにしてあげたのに、感謝して欲しいね」

「ふざけるな！」

少年がもう片方の手を動かすと、見えない糸が更にメフィストに放たれたようだ。

新しい糸は、今度はメフィストの体にぐるりと纏わりつき、ぎりぎりと締め上げはじめる。

恐らく、鋭利な刃のような糸なのだろう。目視できないぐらいに細くしなやかで強靭な糸は、多分暗殺用の武器だ。

私のお店に来る傭兵団の方々にも、時々そうしたものを暗器として使用している方がいる。

普通に触れたら肌が切れてしまうぐらいに鋭利な糸で締め上げられても、メフィストの肌は切り裂かれることはなく、煩わしそうに眉をひそめただけだった。

「こんなときに自己主張してくるんじゃないわよ。少年、そのまま人面鳥を捕縛してなさい」

ナタリアさんが空中を摑むようにすると、その手の中に、揺らめく炎を中央に宿した星型のランプが現れる。

メフィストはナタリアさんに構わずに、見えない糸を摑んだ手を思い切り引いた。

メフィストが力を込めた途端、少年の体が簡単に宙に浮いた。

「エライザは君のことを気に入っていたからね、せっかく殺さないで生かしてあげたのに、残念だよ」

見えない糸に、紫色の炎が纏わりつく。

油に浸したロープに着火したときのように、炎は瞬く間に糸を舐めるように這い、少年の両腕が紫色の炎で包まれた。

けれど、少年は糸を離さない。宙に浮いた状態から砂漠の砂の上に叩きつけられても、くぐもった声を少し上げただけで、糸を引き続ける。

「星界（せいかい）より来れ、空の落とし子！」

ナタリアさんが両手で摑めるぐらいの大きさの星型のランプを空に掲げると、それはひとりでに浮き上がる。

炎が揺らめき、今は蜘蛛の糸とハエトリ草で覆われてその隙間から見えるだけの青空を、一面の夜空へと変えた。

満天の星が煌めく中に、浮かんでいるみたいだ。あまりに美しい景色に、私は息を呑んだ。

次の瞬間、夜空に輝く星々がメフィストに向かって落下を始める。

巨大な隕石が、熱の塊が、隙間のないぐらいに降り注ぎ、砂塵が巻き起こる。

避けられない攻撃にメフィストが両手で体を庇っている姿が一瞬目に映った。けれど、すぐに砂埃に紛れて見えなくなってしまった。

「どう、クロエ。お師匠様の錬金術は、すごいでしょ」

ナタリアさんは箒で素早く飛んで、両腕が黒く爛(ただ)れた少年を箒の先に引っかけるようにして回収して戻ってくると、得意気に言った。

倒れているエライザさんとコールドマンさんを囲むように、空を覆っていたものと同じ黒い蜘蛛の糸の防護壁ができている。

星の隕石の効果から守るためなのだろう。

「はい、ナタリアさんはすごいです。私は、まだまだですね……」

「そりゃそうよ。たった三年で追いつかれちゃったら、師匠としての面目が丸潰れだもの」

私はナタリアさんを尊敬の眼差(まなざ)しで見上げた。

ナタリアさんは、私のほうではなくて、睨むように空を見ている。

「もう、十分時間は稼いだ。……そろそろ来る頃よね。来てくれないと困るわよ」

ナタリアさんの視線の先を、私も追いかける。

夜空に、ぴしり、とひびが入る。

卵の殻(から)が割れるようにして、ぴしりぴしりとひびが入っていく空から、明るい日差しが降り注ぐ。

そのひびを中心として、バラバラと景色が崩れはじめる。

青空が顔を出し、その青空の中心に、黒く雄々しい姿がある。

「ヘリオス君……ジュリアスさん……！」

飛竜は神の御遣いだと、ラムダさんが言っていた。

確かにそうだと思えるぐらいに、青空に黒い翼を悠々と広げるヘリオス君は、神々しい。

そして——騎乗しているジュリアスさんは、無残に羽がもぎ取られたサマエルを、片手で荷物のように掴んでいた。

私は喉の奥で悲鳴を上げそうになった。ジュリアスさんの人相が、今まで見たこともないぐらいに、あまりにも悪かったからだ。

そして私を助けに来てくれたのはわかっているのだけれど、その姿は白馬に乗った王子様というよりは、ヘリオス君に乗った魔王みたいだったからだ。

砂の上に座り込んでいる私と空の上にいるジュリアスさんの間には、かなりの距離がある。

けれどジュリアスさんとヘリオス君の二人と、はっきり目が合った気がした。

途端に、ヘリオス君の金の瞳が、夜空に煌々（こうこう）と煌めく恒星（こうせい）のように輝いた。「ギュオオオン！」と大地を揺るがすような、太く長い鳴き声を上げる。

今までに聞いたことがない声だ。

深く激しい怒りを孕んだ、猛々しい鳴き声とともに、ヘリオス君が黒い落雷のように砂塵の中心に向かって急降下する。

ナタリアさんの錬金道具が作り出した星々が落ちた砂塵の中央には、メフィストがいる。

ジュリアスさんを乗せたヘリオス君が、その中にまっすぐ落ちるように飛び込むと同時に、砂塵の中から飛び出す影がある。

徐々に砂埃が収まって、視界が明瞭になってくる。

ジュリアスさんに放り出されたのだろう、サマエルが無残な姿で砂の上に横たわっている。

砂塵から飛び出した黒い影は、メフィストだった。

ナタリアさんの攻撃で欠損した体が、瞬く間に修復されていく。

三枚の翼をはためかせて空中で向きを変えると、メフィストと同じぐらいかそれよりも速い速度で追尾するヘリオス君に向けて、片手を広げた。

その手は鋭く尖った剣へと姿を変える。

空を蹴るようにしてジュリアスさんに向かい襲来するメフィストに、ジュリアスさんは黒い剣を向ける。

「動きが鈍(にぶ)いぞ、羽虫。再生が追いついていないんじゃないか？」

「残念だ。もう来てしまったんだね。せっかく腕によりをかけたフルコースで迎えてあげようと思ったのに。クロエを肉塊に変えて、メインの皿に乗せて、ね」

どちらが悪役かわからないようなことを言ってメフィストを挑発するジュリアスさんを、メフィストは更に嘲笑(あざわら)った。

「けれど、目の前で殺してあげるのも、悪くない。私は、君の絶望が見たい。君からクロエと飛竜を奪ったら、君が戦う理由はなくなるのだろう。人間とは、感情で動く生き物だ。絶望し、恨み、憎み、そして――君が世界を、滅ぼす未来が、必ず訪れる」

ジュリアスさんと剣を合わせながら、メフィストが舐めるような声で言う。

確信に満ちた響きのある声音に、私は眉を寄せた。それは、今まで言われた言葉の中で、一番腹が立つものだった。

なにを言っているのかしら、メフィストは。ジュリアスさんは、そんな人じゃない。

「世界を滅ぼす？　俺は、世界も、お前たちもどうでもいい。どうでもいいものを憎み、壊すほど、俺は暇じゃない。路傍（ろぼう）の石に感情を向けて、無意味に蹴るのは幼い子供ぐらいだろう。それでお前は、感情を理解したつもりでいるのか。愚かだな」

私が反論を口にする前に、ジュリアスさんが静かに言った。触れただけで手が凍えそうなほどに冷酷で平静な声音だった。

メフィストの腕が変形した剣を、ジュリアスさんは軽々と弾き返す。

その衝撃で弾き飛ばされたメフィストが体勢を立て直す前に、ヘリオス君はメフィストの背後に宙返りをするようにして回り込んだ。

ジュリアスさんがメフィストの羽の一枚を無造作に摑む。

「残り三枚」

ジュリアスさんの黒い剣が鈍く光る。

破邪魔法をかけていない剣は、メフィストの羽に食い込んだけれど切り落とすまでには至らない。

ジュリアスさんは、暴れるメフィストの背中に足をかけて、力任せに剣を羽の付け根に押し込むようにした。

罠にかかった鳥がもがくように、摑まれていない二枚の翼がばさばさと乱雑に羽ばたく。

黒い羽が何枚も、黄金色の砂に舞い落ちる。

ジュリアスさんの圧倒的な強さに、私は息を呑んだ。

——躊躇（ちゅうちょ）なく、容赦なく敵を切り裂く、黒太子ジュリアス・クラフトの姿。

じわりと、涙が滲みそうになる。

呼吸をするのを忘れていたみたいだ。ふと感じた苦しさに、喘ぐように息をついた。

「剣の切れ味が悪いと、苦痛が長く続くだろう。喜ぶといい。お前たちは、苦しみが好きだったな、確か」

ジュリアスさんの言葉の後に、メフィストのくぐもった呻き声が聞こえる。

私はほんの少しだけ残っている魔力をかき集めて、破邪魔法を使おうと、ジュリアスさんの剣に杖を向ける。

「お前は見ていろ、クロエ。この羽虫に、お前の魔法はもったいない」

ぶちぶちと嫌な音を立てて、黒い羽が引きちぎられていく。

そしてついに引きちぎられた羽が、どさりと砂に落ちた。落ちた羽は黒い粒子となって消えていく。

二枚羽になったメフィストが、よろよろと空から落ちてくる。

砂漠に倒れているサマエルの横に膝をついて、両手で自分の体を抱きしめるようにして、背中を押さえた。

サマエルは意識があるようで、メフィストのほうへと視線をちらりと向ける。

羽を失ったからなのだろうか、メフィストの魔力がその体から零れていっているようだ。

それは羽が引きちぎられた背中の傷跡から、黒いどろりとした血液のように、流れ落ちていく。

「サリム様……！」

メフィストの魔力が失われて維持ができなくなったのだろう、ミンネ様が閉じ込められていた牢獄がいつの間にか消えていた。

ミンネ様が、サリムの姿をしたサマエルに駆け寄って、その体にすがりつくようにして抱きついた。

華奢な肩が震えている。

小さな嗚咽に、胸が痛む。

ヘリオス君が静かに私の横へと舞い降りてきて、とても心配そうに私の頬を鼻筋でつついた。

大丈夫だと、私はヘリオス君の鼻先を撫でる。

怒りで輝いていた金色の瞳は、今は不安気に揺れている。

本当は立ち上がってその顔をぎゅっと抱きしめたかったけれど、もう足が動きそうにない。

情けないわよね。結局私はいつも助けられてばかりだ。

お母様やお父様、そして、ナタリアさん。

皆がいなければ——こうしてジュリアスさんともう一度会うことはできなかった。

とっくに命を落としていただろう。

ヘリオス君のひやりとした顔に触れると、なんだか安心してしまって、目尻に溜まっていた涙が零れた。泣いている場合じゃないのはわかっているのだけれど、今更のように体が震える。

ヘリオス君が私の顔に自分の鼻先をすりつけてくれる。もう大丈夫だと言ってくれているような気がした。

ジュリアスさんが、ヘリオス君からひらりと降りてくる。

私の横を通り過ぎるときに、軽く頭に手が置かれた。

力強い大きな手の感触に、ずっと強張っていた体の緊張が、解されたような気がした。

なにも言わずに、ジュリアスさんが私とナタリアさんの前に立ち、剣をメフィストへと向ける。

メフィストは痛みを堪えるようにして俯いている。

動かないサマエルにすがりついていたミンネ様は顔を上げると、嫌々と首を振った。

首を振ると零れ落ちる涙が宝石のようで、こんなときなのに、ミンネ様はどこまでも可憐で美しかった。

◆羽化／捕食する死の蛇

ジュリアスさんは剣の切っ先をメフィストに向けながら、静かな瞳で泣きじゃくるミンネ様を見据えた。それは一瞬で、すぐに興味を失ったように視線を逸(そ)らした。

「お前たちの本当の目的はなんだ？　ただの道楽か。人の世界を支配するというには、あまりにも手ぬるい」

「……私たちには興味がないのではなかったのかな」

サマエルの横で膝をつきながら、メフィストが答える。長い艶やかな黒髪が、黄金色の砂の上に川のように広がっている。

その声は、苦痛にかすれていた。

悪魔も、痛みを感じるのだろう。切り取られた羽は、再生できないみたいだ。

「あぁ、興味はない。だが、お前たちをここで殺して、これで終わりとは思えない。俺は早くお前たちとの無益な戦いを終わらせたい。お前たちはなぜ、何年も人に紛れて遊んでいる。なんのために」

「そこに意味などないよ。私はただ、遊んでいるだけ。人という玩具でね」

メフィストは苦痛に声をかすれさせながらも、どこか軽薄な口調で言った。

「長く生きていると、とても退屈なんだよ。天使たちはしつこく、うるさい。罪人ばかりが落ちてくる冥府は、鬱々(うつうつ)として暗いばかり。悪魔たちは天使を恨み続けて、なにも変わらない。魔物たちは可愛らしいけれど、それだけ。人の世界のほうが、よほど面白い」

「お前の力で、この世界を生も死もない楽園にするのだと、クロエの妹は言っていた」

「人間というのは、皆それを求めたがる。不変で永久に続くものほどつまらないことはないというのにね。そう思うだろう、ジュリアス。君ほど死を求めている男にとって、そんな世界など怖気が走るだろう？」

「お母様がこの世界に、異界の門から落ちてきたときの記憶を見ました。あなたたちは、天使の軍勢に負けたのですね。だから、異界ではなくこちらの世界に逃げてきたんじゃないですか？」

ジュリアスさんとメフィストの会話を断ち切るように、私は言った。これ以上、ジュリアスさんには、メフィストとの会話を続けてもらいたくない。

なぜだか、胸騒ぎがする。

ジュリアスさんの体の奥のほうにある、繊細で柔らかい場所に、無遠慮に立ち入られているような不快感を感じて、私は眉を寄せた。

「随分愛らしい挑発だね、クロエ。子猫が毛を逆立てているような、無意味で可愛らしいだけの、空虚な言葉だ。異界も、この世界も、愚かで傲慢な神が作ったもの。異界で神に反逆するよりも、この世界を思うままに壊したほうが、よほど有益――だそうだよ。私はサマエル様には従うけれど、あれには、あまり興味がない」

「あれとは」

「ジュリアス。君は――既にあれを、知っているだろう。残忍でおぞましい誰よりも最低な悪魔。麗しのサマエル様とはなにもかも違う、あの醜悪な存在」

メフィストは、心底嫌悪しているような表情を浮かべて、忌々しそうに言った。

あれ――とは、多分、悪魔のこと。

サリム・イヴァンの手記に出てきた悪魔の名前は、三人。

死の蛇サマエル、叡智の王バアル、血と劫火の■レク。

サマエル以外の二人のどちらかを、ジュリアスさんは見たことがある、ということなのかしら。

「お喋（しゃべ）りはそのぐらいにしようか、メフィスト」

囁くような小さな声が、メフィストの言葉を制止した。

サリムの手が持ち上がり、愛おしそうにミンネ様の頬を撫でて、涙をすくう。

ミンネ様は肩を震わせながら、切なげに眉を寄せてそれを受け入れている。

その中身はサリムじゃないときっとミンネ様は理解している。けれど、それでも――その形がサリムである限り、愛しく思ってしまうのかもしれない。

「私のために泣いてくれてありがとう、ミンネ。……私を、愛してくれているのだね」

「サリム様……っ、私は、私は……陽の光を浴びると肌が焼け爛れてしまうので、薄暗い部屋から外に出ることができなかった私のもとに、毎日来てくださったあなたが、好きでした」

「そうだね、ミンネ。私は、君のもとへ通い、魔法を使って動物や、草原や、海の幻を作った。部屋に星空を浮かべて、君と一緒に眺めた。覚えている」

サマエルは、サリムの記憶を見ているのだろう。

ミンネ様は目を見開くと、新しい涙で大きな瞳を潤ませて、何度も頷く。

「私は、二十歳まで生きられない。それでいいと思っていたのです。けれど、サリム様が愛しいと思うほど、生きたいと、思ってしまうようになった。私の叶うはずもない我儘が、サリム様を追い詰めて、こんな、ことに……」

「私は、君が生きていてくれて嬉しいよ、ミンネ。どうか、泣かないで。……君のために、私は、ここで死ぬわけにはいかない。……一つだけ、お願いを聞いてくれる？」

ミンネ様は力なく落ちそうになったサリムの手を両手で握ると、何度も頷く。

「ミンネ様、駄目です！　悪魔の言葉に耳を貸しては……！」

私の声は、ミンネ様には届かない。

助けてと叫んでいたように思えたのに。アリザの手を、私は摑めなかった。あのときと、同じ。

「私とともに生きることを、永遠に、ともにいることを選んで。私が生きる限り、君も生きられる」

「サリム様……はい、私は、サリム様とずっと、一緒に……」

ミンネ様の瞳は、私たちの姿を映さず、声も聞こえていないように見えた。

サリムの体から、細く黒い蛇のような影が何本も、ミンネ様に向かってずるずると伸びていく。

ミンネ様はうっとりとした幸せそうな表情で、目を閉じている。

何匹もの黒い蛇が膨れ上がるようにして、一斉にミンネ様の体に纏わりつく。ミンネ様の姿が見えなくなるぐらいに体を覆われても、悲鳴一つ上がらなかった。

それは一瞬のことだった。

蛇の大群がサリムの体に、排水溝に流した最後の水のように戻っていく。

そこにはもうミンネ様の姿はない。

サリムは、操り人形のように力の入らない手足を奇妙に折り曲げながら起き上がり、体をくの字に曲げた。

膝と頭が地面について、背中を上に向けている。その背中が、蛹が蝶に羽化するときのように、ぱっくりと裂けていく。

まるで服を脱ぎ捨てるように、サリムの中から美しい少年が顔を出した。

小柄で細い体の少年は、フリルがたっぷりと使われた黒い服を着ている。

銀の髪に、赤い目をした、少女にも見える中性的な容姿の美しい少年は、跪いているメフィストを冷酷な瞳で見下ろした。

「人の皮を被っていると、駄目だね。調子が出ない。メフィスト、せっかく私の力を分けてあげたのに、情けない姿だ」

「サマエル様。やはりあなたは、美しい。人の皮を被るなどおやめください。虫唾が走ります」

「私が契約を交わしたサリムの体はもう使えない。その代わり、ミンネをもらった。ミンネはお前の契約者だったね、メフィスト。私にくれるだろう？」

「もちろん」

「お前に与えた翼も、返してくれる？」

「ええ、サマエル様。私はもう十分に遊びました。あとは、サマエル様のご随意に」

サマエルの手が、メフィストに伸びる。

ミンネ様を捕食したときと同じように、黒い蛇がメフィストを飲み込んでいく。

あまりにもあっけない終わりだった。

メフィストは——私の家族の仇だった悪魔は、蛇が鳥の卵を捕食するように、一飲みでサマエルに取り込まれてしまい、跡形もなくなってしまった。

メフィストに残されていた二枚の羽が、サマエルの背からばさりと大きく伸びる。

その二枚の羽の下から、濡れた羽を陽光で乾かすようにして、更にもう四枚の羽が現れる。天使のように美しい少年の背中から、六枚の漆黒の羽が、不吉の訪れのように広がっている。

ジュリアスさんがサマエルの前に、一瞬で移動するようにして駆けた。

砂漠の砂の上なのに、まるで体重を感じさせないぐらいに軽やかに地を蹴って、剣を振り下ろす。

サマエルは羽を広げて、ややよろめきながら一歩下がった。

その姿がぼやける。サマエルの姿は、恐怖に身をすくませるミンネ様へと変わった。羽もない。それは先ほどまで目の前にいた、ミンネ様にしか見えなかった。

「無駄だ」

目の前の敵がミンネ様の姿になっても、ジュリアスさんは動揺もせずに、その首を刎（は）ねようとする。

「ジュリアスさん、待って！」

お母様の力で私は、魔物に姿を変えられたエライザさんたちを、助けることができた。

私はお母様の力を受け継いでいる。だとしたら、ミンネ様を救うことができるかもしれない。

こんな終わりでいいとは、思えない。

私は、アリザを救えなかった。もう誰も、悪魔のせいで失いたくない。

私の制止に構わず、ジュリアスさんは剣を下ろそうとする。

隷属の首輪の制約が発動したのだろう。ジュリアスさんの体に小さな切り傷が無数にできて、血が流れはじめる。

制約は『私の嫌がることはしない』こと。

それでもジュリアスさんは、ミンネ様を――。

「下がりなさい、ジュリアス！」

今まで静かに見守っていたナタリアさんが、厳しい声を上げた。

◆最後の戦い

ナタリアさんの声にジュリアスさんはぴたりと剣を止めた。

剣の切っ先が、ミンネ様の首筋に浅く食い込んでいる。その首からどす黒い泥のようなものが血のように吹き出して、ジュリアスさんは一歩後ろに下がった。

「下がりなさい！」

ナタリアさんがもう一度叫ぶ。有無を言わせない声音に、ジュリアスさんは素早く引いた。

地を蹴って、サマエルから離れる。

ヘリオス君が私を守るようにして、翼で私を包むように隠した。

翼の陰から見えたのは、サマエルから吹き出した黒い血の雨に触れた大地が、ぐずぐずと溶けて腐っていっているところだった。

腐臭が鼻をつく。

わずかに吹き出した液体がかかったのだろう、ジュリアスさんの服や肌も、ところどころ溶けて崩れている。

隷属の首輪の呪縛はミンネ様に向けていた剣を下ろしたところで失われて、もう出血は止まっていた。

「あぁ、惜しいことをした。せっかくジュリアスを連れていこうとしたのに、台無しだよ」

「連れていく？　どこに連れていくつもりですか……？」

私はできるだけはっきりと尋ねる。嫌な予感に、声が震えてしまわないように。

「さてね、答える義理はない」

軽く肩をすくめて、サマエルは言った。

サマエルの皮膚に直接触れたからだろう、ジュリアスさんの持っている剣が半分以上、強酸にでも浸けたように溶けてしまっている。

もう使い物にならないと判断したのか、ジュリアスさんは剣を砂の上に捨てた。

ナタリアさんは箒の先に引っかけるようにしていた少年を、私の隣にどさりと降ろす。

それから、軽く手を上げて、なにかを引き寄せるように動かしはじめる。

ナタリアさんの手の動きに連動するようにして、離れたところに倒れたままだったエライザさんとコールドマンさんが宙に浮き上がり、少年の横に寝かされる。

あっという間に皆を一ヶ所に集めると、ナタリアさんは丸腰のジュリアスさんや私を庇うようにして、ジュリアスさんの前に出た。

「私がなぜ死の蛇と呼ばれているか、君たちに教えてあげよう」

サマエルは、ミンネ様の姿のまま低い声で笑った。

首の傷はするりと治り、黒く吹き出していた血のような液体も消え失せる。

ふわりと、その体が宙に浮き上がる。華奢な体から、黒い六枚の羽が青い空を汚すように広がっている。

「それは私が、死、そのものだからだよ」

空が、暗く濁っていく。

真っ青だった空が、雲もないのに暗く黒く、まるで日蝕のように世界が闇に染まっていく。

黄金色の砂漠に灰色の影が落ちる。濃い瘴気が、サマエルを中心に渦巻きはじめる。

「さぁ、飲み込め。全てを腐乱させる死の毒よ、生あるものを、溶かせ、殺せ」

サマエルが両手を広げると、嵐のような瘴気が一気に私たち目がけて吹き荒ぶ。

「天に在られる全能の神よ、あらゆる厄災からこの身を守れ、神龍の守護繭！」

ナタリアさんの詠唱とともに、光り輝く半円状の壁が私たちを包んだ。

壁の中に瘴気は入り込めない。

瘴気に混じり何匹もの翼のある黒く長い蛇が、輝く守護壁に牙を立てては消えていく。

ジュリアスさんは怪我を負った体を気にすることなく、ヘリオス君の背中から黒い槍を手にした。

私もよろめきながらも、ヘリオス君の体に手をついてなんとか立ち上がる。

美しかった砂漠が、瘴気に舐められて今は見る影もなく、どす黒く溶けて腐っているように見える。

ナタリアさんの魔力が尽きたら、私たちも砂漠のように、腐って溶けて、死んでしまうのだろう。

座り込んでいる場合じゃない。

私が、なんとかしないと。

「長くもたない……どうする、考えなさい私、このナタリア・バートリーに、不可能なんてないはずよ……！」

瘴気を泳ぐ蛇たちが、大きな魚にたくさんの小魚が食らいつくようにして、守護壁に食らいつく。

そのたびに、ピシピシと守護壁にひび割れが入っていく。

ナタリアさんの切羽詰まった声音に、限界が近いことがわかる。

私は力の入らない手でなんとか杖を摑み、掲げる。

私が倒れないように、ヘリオス君が首で背中を支えてくれている。

いつの間にかジュリアスさんが私の隣に立って、杖を摑む私の手に、手を添えた。

「瘴気を消せ、クロエ。お前のせいであれを殺し損ねた。次は仕留める」

まっすぐ前を見ながら、少しも疑っていない声で、ジュリアスさんが私に言った。

――ミンネ様を助けなきゃと思った。

けれど、全てを守るなんて、私にはできないのだろう。

今の私は助けられてばかりで、力不足で。

それならせめて、できることをしないと。

サマエルはきっとこのままでは、多くの人を苦しめる。今ここで、倒さなければ。

「本当にごめんなさい。反省を込めて頑張ります、私に任せてください……！」

触れたジュリアスさんの固い手のひらから、空っぽだった魔力が注がれて満たされていくような気がした。

まだ、大丈夫。

あと一度だけ。一度だけでいいから、私の声を、どうか――。

「熾天使ガブリエル、我が呼び声に応えよ！　全てを浄化する聖水よ、天の聖杯より溢れ地上を濯(そそ)げ！」

目の前が真っ暗になるような、激しい脱力感に襲われる。

それでも私は、立たなければ。私が倒れたら、皆を守ることができない。

私は――大丈夫。

一人じゃない。

ヘリオス君や、ジュリアスさん、ナタリアさんが、私を守ろうとしてくれたように、私も皆を、守りたい。

『ええ、クロエ。力を貸しましょう』

清漣な水を連想させる透き通った女性の声が、頭の中に響いたような気がした。

深く暗い空の雲間から白い光が差し込み、まるで天使の階段のように、世界を明るく照らしはじめる。

ひらひらと舞い落ちる白い羽が、腐り爛れた地面を撫でる。

地面に触れた白い羽は、清らかな水となって砂漠に広がった。

羽に触れた途端に、瘴気の中を泳ぐ蛇たちが、燃えるようにして霧散していく。

ナタリアさんの守護壁が、消える。

それと同時にジュリアスさんが、浅い湖面を蹴るようにして、まるで水面を走るように、サマエルのもとまで一気に駆けた。

ジュリアスさんが空に舞い上がる。

振り上げた槍に天から差し込む光が落ちて、白く美しく輝く。

振り下ろされたその白く変化した槍は、サマエルの胸を、まっすぐに貫いた。

サマエルがピンで磔にされた蝶のようにじたじたともがき、羽をばたつかせている。

槍の纏う清らかな光が、サマエルの貫かれた胸部から漏れ溢れていく。

ミンネ様の姿をしたサマエルの体が、石化でもするように色を失い、からからに乾いた皮膚に、ぴしりぴしりとひび割れができていく。

ジュリアスさんはサマエルから槍を引き抜いて、その背中の羽を落とそうと、大きく振りかぶる。

——そのときだった。

振り被った槍に、禍々しい黒い炎が纏わりついた。

「ジュリアスさん！」

恐ろしい気配を感じて、私はジュリアスさんを呼んだ。

駆け寄ろうとして、砂漠に倒れ込みそうになり、砂を掴む。

黒い炎はサマエルの足元から長い腕のように伸びている。サマエルの足元に、大きな瞳の形をした、紫色に発光する魔法陣が生まれる。

そこからぬるりと、まるで水底から水面へと浮上するようにして姿を現す人影があった。

逞(たくま)しい体躯(たいく)に銀色に輝く鎧(よろい)を身に纏い、赤色のマントが風に靡(なび)いている。

金色の髪に、眼光の鋭い鷹のような、青い瞳。

齢を重ねるごとに刻まれた深い皺と、口の周りには手入れの行き届いた髭が生えている。

三十代後半から、四十代といったところだろうか。もしかしたらもっと年嵩(としかさ)なのかもしれない。けれど、生命力に満ち溢れ、堂々とした威圧的な見目のせいか、年若く見える。

「オズワルド・ディスティアナ……！」

ジュリアスさんは炎に纏わりつかれた槍をひと振りして、強引に炎を払った。

その名前には、聞き覚えがある。

オズワルド・ディスティアナ。

ディスティアナ皇国の、皇帝の名前だ。

「久しいな、ジュリアス」

オズワルドは、ぐったりとして動かないサマエルを軽々と片手に抱えた。

――ジュリアスさんのお父様は、裏切りの嫌疑によって捕縛されて、処刑されたのだという。

その後お母様も後を追うようにして自死してしまい、ジュリアスさんはオズワルドに命じられるまま、ヘリオス君とともに戦場で戦っていた。

ジュリアスさんにとっては、両親の仇のような存在だ。

けれど、どうして今。

「三年ぶりか。確か右目を抉ったはずだが、それはなんだ。紛い物の瞳か？」

「貴様、なぜここに！」

「三年前のお前は、猟犬のように研ぎ澄まされていた。アストリアで奴隷剣士にまで堕ちたのだから、さぞやいい顔になっていると思っていたが、随分とまぁ、腑抜けたものよな」

「やはり、お前も悪魔を飼っているのか。父を殺した理由も――」

「ジーニアスは、優秀だった。あれのおかげで我がディスティアナ皇国は、世界の支配者になれるだろう。サマエルやメフィストはお前に期待していたようだが、もはやお前は不必要な存在。ジーニアスやシトリンは死んだというのに、そのように腑抜けた面をして恥を晒して生きるのなら、今ここで死ね」

オズワルドが両手を掲げると、その頭上に恐ろしく強大な熱量を持った、漆黒の火球が現れる。それはまるで、黒い太陽のようだ。

私たちを全て覆い尽くしてあまりあるぐらいに大きな火球が、空から落ちてくる。

「逃げるわよ、クロエ、ジュリアス！」

ナタリアさんが空を見上げながら言った。

私は杖で自分の体を支えながら立ち上がる。

ジュリアスさんはオズワルドに斬り込んだ。忌まわしい炎が纏わりついたせいか、槍からは輝きが失われて、いつもの黒い槍へと戻っている。

火球を形成し終わったオズワルドは、細長い炎の蛇でジュリアスさんの槍を搦め捕った。

その炎が槍を伝い、ジュリアスさんの体に伸びる。

腕が焼け焦げるのも構わずに、ジュリアスさんはそのまま槍を引いて、素早く突き出した。突き出された槍が、オズワルドの鎧の脇腹を抉り取る。

「腑抜けたお前では、私には勝てない」

鎧の下の皮膚が裂けて、血が流れ落ちたけれど、その傷はすぐに塞がってしまった。

オズワルドの足元に、先ほどと同じような大きな目の模様の魔法陣が作り上げられる。その体が、流砂に飲まれるように、魔法陣へと沈んでいく。

「待て！」

ジュリアスさんはオズワルドを追おうとした。

けれど、魔法陣に向かう足を止めると、頭上を見上げる。

――巨大な火球が落ちてくる。

徐々に距離が縮まる火球に、皮膚がじりじりと焼かれる。砂が竜巻のようなうねりとなって、火球に向かって立ち昇っている。

逃げなければいけない。けれど、もう間に合いそうにない。

ヘリオス君がジュリアスさんを「キュイ！」と大きな声で呼んでいる。私の体をつついて背中に乗るように促してくれるけれど、どうにも腕に力が入らなくて、視界が霞みはじめている。

「時は、満ちた。全てを支配する理(ことわり)破壊(はかい)の王が再び顕現(けんげん)し、世界は我がものになるだろう。とはいえ、腑抜けていてもお前は強い。人柱としての可能性は捨て切れない。ジュリアス。生きていたら、また会おう」

魔法陣が消え失せて、オズワルドとサマエルの姿も見えなくなった。

ジュリアスさんが私のもとへ走ってくる。

「クロエ、寝るな、阿呆！」

いつもの罵倒(ばとう)が聞こえる。

私の腰に腕を回して、ジュリアスさんが抱えてくれる。そのままヘリオス君に飛び乗った。

ヘリオス君は地を這うようにして、地面すれすれを飛んで、エライザさんとコールドマンさんを口に咥(くわ)えて拾い上げる。

ナタリアさんは箒に乗って、倒れている少年を回収した。

迫りくる火球の下を、出口を求めて狭い迷宮を飛ぶようにして、ヘリオス君とナタリアさんの箒が突き進む。

砂漠に向かって、空から火柱が落ちる。

その合間を縫って進むけれど、徐々に近づいてくる火球の表面積が大きすぎて、光が溢れる出口が遠い。

まるでマグマの中を泳いでいるみたいだ。

ヘリオス君の翼は炎に煽られても、火傷一つ負っていない。オズワルドが作り出した火球は、魔力で形成されているからだろう。飛竜には魔法が効かないと、ジュリアスさんにいつか聞いたことを思い出す。

けれど、私たちはそうはいかない。

ジュリアスさんは私を庇うように、私に覆い被さってヘリオス君の手綱を握っている。アリアドネの外套も炎には強いけれど、その背中が焼け落ちてしまうのは時間の問題だろう。

手綱を摑む両手も、黒く焼け焦げている。早く治したいけれど、今の私では治癒魔法一つ使うことも、できそうにない。

「間に合わない……！　少しでも時間を稼がないと……！」

ナタリアさんが切羽詰まった声を上げた。

それから虚空に向けて手を伸ばす。

手のひらの中に現れたのは、銀色の笛だった。

ナタリアさんが笛を吹くと、か細く聞き取れないほどの高音が響き渡る。笛の音に呼び寄せられたように、地鳴りが起こりはじめる。

ぼこぼこと、砂漠が隆起して、真っ平らだった砂漠が陥没していく。滝のように砂が落ちて、地面に大きな穴が空く。

穴が空いたおかげで、ヘリオス君は高度を下げて、火球から逃れることができた。ナタリアさんもまっすぐに落ちるようにして、大穴へと飛んでいく。

ちらりと後ろを振り返ると、肉も内臓もない骨の形をした鯨の大群が、砂漠を掘り起こしながら火球に向かって突き進んでいた。

「砂鯨には炎は効かない。骨しかないからね」

無事に火球の下を抜けて、青空の下を飛ぶヘリオス君の横に並んで、ナタリアさんが片目をつぶった。

ナタリアさんの艶やかな黒髪が、ところどころ炎で炙られて焦げている。

私もジュリアスさんも、満身創痍という表現がぴったりだけれど。

――それでも、生きている。

生きているのだから、私たちは多分、勝つことができたのだろう。

火球が砂漠にめり込んで、凄まじい熱量が砂漠を焼いていく。

炎の海の中を、砂鯨の大群が悠々と泳いでいる。

遠く、こちらに向かってくる赤い飛竜の姿がある。アレス君と、ファイサル様だ。

ファイサル様は、意識のないシェシフ様を抱えているようだった。

やっと、終わった。

私はジュリアスさんの腕の中で、安堵の溜息を吐いた。安心したせいか、一気に眠気が襲ってくる。

もう、意識を手放してもジュリアスさんに怒られないだろう。

だって、頑張ったものね。

目を閉じると、私に向かって微笑むお母様の幻と、その傍らに佇む白く美しい四枚の羽を持った女性——恐らく、ガブリエル様の姿が見えた気がした。

◆手負いの獣

真っ白なベッドに横たわるクロエは、いつもよりも小さく見えた。

実際クロエは華奢で小柄ではあるが、今は少しでも触れたら粉々に砕けてしまいそうなぐらいに、脆く壊れそうに見える。

血の気のない頬は透き通るほどに白く、閉じられた瞼から伸びる長い睫毛が頬に影を落としている。

「……打撲やら切り傷やらはあったけれど、骨や内臓は問題なさそうだし、大きな出血もなさそうね」

クロエの錬金術の師匠だというナタリアが、ベッドの横で腕を組んで言った。

プエルタ研究院の一室だ。

先ほどまではプエルタ研究院の治療を専門とする魔導師たちが数人でクロエの治療にあたっていたが、治癒魔法で傷を塞ぐとすぐに出ていった。

「魔力不足ってところね。熾天使の真名を呼んで破邪魔法を使用したんでしょう、それも、何回も。神にも等しいその力を呼び出したんだから、そりゃ、魔力不足にもなるわよ」

俺はクロエの眠るベッドの端に座って、ナタリアの声を聞き流していた。

オズワルド・ディスティアナの出現させた、まるで天体が落ちてきたと思えるほどの巨大な火球で背中が焼け爛れたような気もするし、両手も焼けて、赤い皮膚が覗いている。

だが、苦痛は――どこか、他人事のように遠い。

「まぁ、破邪魔法自体は自分の魔力を使うわけじゃなくて、熾天使の力の通り道に体を使われるようなものだけど。でも、結局は熾天使の力に体の魔力を搦め捕られるようにして、根こそぎ持っていかれるのよ。一度だけだって、ミカエルの力を呼び出すのは負担になるのに。魔力は生命力にも近いものだから、体力も全部持っていかれたのね」

聞いていないことを、よく喋る女だ。

クロエも聞いていないことを、俺の返事など気にしていないように勝手に喋ることがよくあるが、その声は不快ではない。春の日差しを受けた草原に響く小鳥のさえずりのように、明るく穏やかで、心地がいいものだ。

今の俺には、それ以外のすべては不快でしかない。

——声が、聞きたい。

「まるで、手負いの獣ね。誰も、あなたからクロエを奪ったりはしないわよ、ジュリアス。落ち着きなさい。今にも食い殺しそうな目で睨むから、皆怖がってあなたに近づけないじゃない」

深い溜息とともに、呆れたようにナタリアは言った。

「いい？　もう一度言うわよ。ただの、魔力不足。クロエに必要なのは、数日の睡眠よ。アナグマの冬眠と同じね。よく眠れば、目を覚ますわ」

「……魔力不足」

「そうよ。命に別状はないわ。だから……クロエよりもよほど死にかけてるあなたの治療をするわよ。大人しくしていなさい」

「……余計なことをするな」

「聞き分けの悪い子ね。自分の体が満足に動かなくちゃ、病人の看病なんてできないのよ。世界には、クロエと自分と――それから、敵しかいないなんて思うのはやめなさい。みんな、あなたのことも心配しているわ」

諭すように言われて、俺は目を伏せた。

サマエルとの戦闘の最中、メフィストにクロエを奪われたのは俺の失態だ。

必ず守ると、言った。

俺にはそれができると、自負もしていた。

けれど、実際にはクロエは攫われて――あのときのことは、あまり思い出したくない。

視界が赤く染まるようだった。

敵も味方も怯えるほどの惨たらしさでサマエルを仕留めて、ヘリオスの嗅覚と聴覚を頼りに広い砂漠の空をクロエを探して駆けた。

戦争は、怖いと言っていた。けれど、自分にできることをしたいと言うクロエは、どこまでもお人好しで――ひたすら他者に優しく、甘い。

強くもないのに虚勢を張って、逃げるという選択をせずに自分の命の価値さえ考えず、他者を守ろうとする。

クロエは、俺が、命を大切にしないと思っているようだが、それは俺ではなくクロエのほうだろう。

ヘリオスとともに駆けつけたときにはクロエは、満身創痍に見えた。

ナタリアがいなければ、メフィストの言う通りに――俺がクロエを見つけたときには、その命は奪われていたはずだ。

そう思うと、脳が焼けつくようになにも考えられなくなった。

今の俺にとっては、戦う理由も、生きる理由も、至極単純なものだ。それ故にその理由を奪われてしまえば、まるでなにも見えない暗闇の中でただ一つだけの燈火を失ったように、自分を見失ってしまう。

「……クロエは、……目を覚ますのか？」

ナタリアの魔法が、俺の焼け爛れた両手や背中の傷を癒した。

傷が癒えたからだろうか。暗かった視界が明るくなった気がした。部屋の白さやベッドのシーツの白さが、わずかに眩しい。

「ええ。そのうちね。だから、妙な気を起こすんじゃないわよ、攫って逃げるとか、ね。そんなことをしても、いいことがないわ。この世界の中で、ナタリア・バートリーがいるこの場所が、一番安全なんだから」

ナタリアはそう言うと、扉に向かった。

扉から出ていく前に、思い出したように足を止める。

「クロエの側にいるのはいいけど、体を綺麗にして、なにか食べなさい。部屋に、食事を運ばせるように言っておくわ。黒い飛竜には、あなたもクロエも大丈夫って伝えておいてあげるわ。すごく、心配しているようだからね」

俺は、そこで初めて顔を上げて、ナタリアに視線を向けた。

呆れたようでいて、それでいて微笑ましそうな瞳が、俺とクロエを見つめている。

「……ナタリア。……クロエを守ってくれて、感謝する」

「……あなた。お礼が言えるのね」

「礼は大切だと、普段から、うるさく言われている」

「クロエらしいわ。……この子と会ったのは、本当に久しぶりだけれど。クロエに、あなたがいてよかった」

どこか深いところで噛みしめるようにしてナタリアは言うと、ひらひらと手を振って、部屋から出ていった。

俺とクロエ以外誰もいなくなって静かになった部屋で、俺は自分の額に手を置いて俯いた。

クロエは、無事だった。

ただ、眠っているだけ。

自分に言い聞かせるように、心の中でそれを繰り返す。

深く息をついた。感情の乱れや動揺が、波が引いていくように鎮(しず)まっていく。

「……早く、起きろ、クロエ」

今にも壊れそうで、崩れてしまいそうな、儚(はかな)い姿だと感じた。

けれど今は、目を閉じているクロエのその表情は、穏やかな寝顔のように感じられる。

囁きとともに、その頬に触れてみる。

ふわりとして柔らかく、あたたかい。

今にも目を開いて、大きな瞳に俺を映して「おはようございます、ジュリアスさん、無事でよかった！」と言って、平和な笑顔を浮かべそうだ。

「……起きて、俺の名を、呼んでくれ」

そう思えたのは一瞬だった。

――もし、このまま目覚めなかったら。

二度とその瞳が俺を映さなかったら。

息が詰まる。苦しい。まるで、水底で溺(おぼ)れているようだ。

力の入っていないクロエの手に自分の手を重ねた。祈るように、その手に額を押しつける。

どうにもならない焦燥感(しょうそうかん)に、今すぐこの場からクロエを攫って、ヘリオスとともにどこか遠くへ行きたいとさえ思う。

「……俺は、お前を、守れるのか……」

逃げた悪魔と、オズワルド・ディスティアナの姿が脳裏をよぎる。

もし、いつか必ず相対しなければいけない運命なのだとしたら。運命などという言葉は、虫唾が走るほどに嫌いだが、クロエがその宿命を、背負っているのだとしたら。

俺は――今すぐに、ディスティアナ皇国に行くべきなのではないだろうか。

オズワルドは両親の仇ではあるが、そんなことは今はどうでもいい。恨みも憎しみも、そんな感情は無駄だと遠い昔に捨てた。今はただ、クロエが再び傷つけられることを、俺は恐れているのだろう。

この世界からクロエが消えてしまったら、きっと、生きる意味を見失ってしまう。

そのとき自分が報復や復讐に呑まれるのか、それとも自棄(やけ)になって死を選ぶのかはわからない。だが、どちらも同じだ。どちらにしろ、無意味で、なんの価値もない。

悩む必要があるのだろうか。ここで、立ち止まる意味はあるのか。

やつらを討ち滅ぼすことが、クロエを守ることに繋がるのだとしたら――今すぐにでも、俺は。

『……私がジュリアスさんを守りますから、だから、……一緒にいます』
そんな声が聞こえた気がして、俺は苦笑した。
「確かに、お前はそう言いそうだな」
クロエは眠り続けている。
その声は、俺の作り出した幻のようなものなのだろう。
けれどクロエならそう言って、まっすぐに、どこか必死に俺を見つめるだろうから。
ともに、いよう。今は、まだ。

◆穏やかな目覚め

ぱちりと目を開くと、不思議な幾何学模様の天井が目に入った。

天井には水滴を模したような錬金ランプが吊り下がっていて、柔らかい光を放っている。

（雫型錬金ランプも可愛いわね。今度造ってみましょう）

天井を見ながらそんなことを考えていると、「クロエ、起きたのか」という耳に馴染んだ声が聞こえたので、私は視線を天井から、声のしたほうに動かした。

私が横になっているのは、見慣れない部屋の白いベッドだ。

こぢんまりしたなにもない部屋の、窓際の椅子にジュリアスさんが座っている。

記憶の中に残る最後に見たジュリアスさんは傷だらけで、両手も焼け焦げていたけれど、今は綺麗さっぱり快癒して、特に身だしなみに気を遣っているわけでもないのに、いつもの完璧な美男子のジュリアスさんである。

ただし人相は悪い。

長すぎて収まりの悪い脚と腕を組んで座っているジュリアスさんは、お気に入りの黒いゆったりとしたローブ姿だ。

「おはようございます、ジュリアスさん」

「あぁ」

ジュリアスさんは短く返事をしただけだった。

いつもの皮肉が飛んでこない。どことなく、元気がないように見える。

体の調子が悪いのかしら。大怪我を負っていたものね。まだどこか痛いのかもしれない。

「ここはどこですか？」

「プエルタ研究院の、治療所だ。ファイサルの指示でここにお前を運んでから、三日。……三日、お前は目覚めなかった」

ジュリアスさんはなにかを嚙んで含めるような口ぶりでそう言った。

歯切れの悪いジュリアスさんなんて珍しいものを寝起きに見てしまった私は、慌ててベッドから起き上がる。

ちょっとふらっとしたけれど、大丈夫そう。

そもそも私はあの戦いで、そんなに怪我を負っていない。

ジュリアスさんのほうが重傷だったのに、私のほうが長く眠っていたなんて、申し訳ないわね。

病衣なのだろう、私は白いすとんとしたワンピースを着ている。寝起きで乱れている髪を、手櫛(てぐし)でささっと直した。

「そんなに寝ていました？　三日も寝たおかげか、私は元気いっぱいです。ジュリアスさん、体は大丈夫ですか？　傷は治りましたか、どこか痛いところは？」

「急に起きるな。俺は問題ない。お前はまだ寝ていろ」

「ジュリアスさんが優しい。なにか悪いものを食べましたか、それともやっぱりどこか痛みますか？」

ベッドから降りようとする私を片手で制して、ジュリアスさんが私のもとへと来てくれる。

ベッドサイドに座ったジュリアスさんは、私の顔のなにかを確認するように、じっと覗き込んできた。

「三日だ、クロエ」

「三日も寝ていたこと、怒ってます？　お待たせしてしまってごめんなさい。でも、おかげ様で魔力も回復したみたいですし、いつも通りの万全な元気いっぱい美少女錬金術師クロエちゃんですよ。どこか痛いなら魔法で治しましょうか？　それともお腹が空きましたか？　それなら早く帰って――」

言葉が途切れる。

ジュリアスさんが私を強く抱きしめたからだ。

痛みを感じるぐらいに強く、腕の中に閉じ込められる。

ジュリアスさんのほうが私よりもずっと大きいので、すっぽりと腕の中に収まった私は、息苦しさに小さく身動いだ。

「本当に、どうしました？」

「怪我は治っていた。それでも、お前は目覚めなかった。体力を根こそぎ奪われるぐらいに魔力を使い果たしたのだと、ナタリアは言っていたが……お前は、もう目覚めないかと」

囁くような声音で、ジュリアスさんは言う。

どことなく苦しそうな声音は、ジュリアスさんと一緒にいるようになった中で、一度も聞いたことのないものだった。

いつも自信に満ちていて、揺らぐことなんてないジュリアスさんなのに、今は違う。

呼吸が苦しいのは、きつく抱きしめられているせいだけじゃないみたいだ。

心臓の音がうるさくて、胸が苦しくて、どうしようもないぐらいに恥ずかしくて、嬉しい。

「あの、……ありがとうございます」

お礼を口にすると、一気に顔に熱が集まった。

「ジュリアスさん、案外心配性ですね。私は大丈夫ですよ。でもそんなに心配してくれるなんて、ジュリアスさん、実は私のこと大好きですね」

恥ずかしさを誤魔化すために、私は冗談めかして矢継ぎ早に言葉を紡ぐ。

そうでもしないと、なんだかよくわからないけれど、泣き出してしまいそうだ。

いろんな記憶が、頭を巡る。

皆を守らなきゃと思ったこと。

一人でも頑張らなきゃと思ったこと。

でも、駄目だったこと。お母様の記憶や、声や、優しい気配。

「なにを今更。知らなかったのか」

てっきり、いつも通り「うるさい。少しは黙れないのか、阿呆」なんて言われるかと思っていた。

けれどジュリアスさんから返ってきた予想外の言葉に、私の感傷は全て吹き飛んでしまった。

なにも言えずに言葉に詰まる私を、少し体を離して至近距離で見つめてくるジュリアスさんの瞳は、真剣そのものだ。

夕日みたいな赤い瞳と、青空みたいな青い瞳が、まっすぐに私を見ている。

オズワルド・ディスティアナが抉ったジュリアスさんの片目には、今は私が作った錬金義眼が嵌められている。

――紛い物の瞳。

そう、オズワルドは言っていた。

けれど夕日と青空。二つの空の色を持つジュリアスさんが、私にとってのジュリアスさんで、紛い物の瞳かもしれないけれど、とても綺麗だと思う。

「クロエ。……一人で、よく頑張ったな」

「はい……っ」

ジュリアスさんが私を褒めてくれた。

それだけで――やっと、本当に全部が終わった気がして、私は目尻に涙を溜めながら、にっこり微笑んだ。

気になることはたくさんあるけれど、今はゆっくり休もう。

焦っても、心配しても、仕方ない。

私たちは生きていて、世界は今日も穏やかに時を刻んでいる。

部屋の前で待機していたナタリアさんやルトさん、レイラさんたちが部屋になだれ込んできたのは、それからほんの数秒後。

いくら大丈夫だと言っても、ジュリアスさんが私の側から離れなかったとナタリアさんに言われて、私が盛大に照れるのも、まだほんの数秒、先の話だ。

閑話　それぞれの想いと、深まる絆

◆ナタリアとセレスティア

ナタリア・バートリーは、ラシード神聖国にある異界研究施設、フォレース探究所で生まれた。

両親ともに優秀な異界研究者であり、魔導師だった――らしい。

らしい、というのは、ナタリアが物心ついた頃にはナタリアの両親は異界の門から冥府に降りて、命を散らしてしまっていたからだ。

フォレース探究所においては、よくある話だ。

国家機密に値する情報も多くあるため、一度研究者になるとフォレース探究所から抜け出すことは不可能に近く、そもそも異界の神秘に魅了された人間が研究者になることもあり、人の入れ替わりはほとんどない。

新しい者は入ってきても、出ていく者はまずいない。大抵の場合は天寿を全(まっと)うする前に、仕事中に命を落としてしまう。

冥府で悪魔や魔物によって命を奪われてしまう場合もあれば、悪魔の力を封じるための刻印師となって、命を燃やして魔力を使い、衰弱死してしまう場合もある。

とにかく、フォレース探究所という場所では人の命は軽い。

ナタリアが育ったのは、そんな場所だった。

魔法指南書を絵本代わりに、錬金窯や素材を遊び道具にしながら成長したナタリアは、十歳を過ぎる頃には、魔導師としても錬金術師としても大人と遜色(そんしょく)ないぐらいには優秀で、フォレース探究所の研究員たちから将来をとても期待されていた。

ナタリアが十五歳を過ぎたら冥府の探索に連れて行こうと、研究員たちが密かに話し合っていたことに、ナタリアは気づいていた。

（冥府に降りて死ぬなんて、絶対に嫌！）

そう思っていた。

だから、抜け出したのである。

その頃のナタリアは、大人たちに見つからないように『封印の間』に忍び込んでは禁書を読み漁り、捕虜のように繋がれ、魔力を封じられた悪魔を見物し、飛竜の改良施設（と大人たちは呼んでいた）を見て回り、フォレース探究所の一番奥にある、魔物が湧き続ける異界の門をこっそり見に行っては魔物を倒して、錬金術のための素材を集めていた。

ナタリア以上にフォレース探究所に詳しい者はいないぐらいに、隅々まで調べ尽くしていたのである。

なので、十歳のナタリアにはもう、フォレース探究所は面白みのない場所でしかなかった。

陰気で、つまらない場所。

それがナタリアの、フォレース探究所への評価だ。

フォレース探究所における冥府の研究の最終的な目標は、生と死とはなにか、人は不死になれるのかを知ることらしい。

そのための研究で命を落としてしまうなんて、馬鹿馬鹿しいにも程がある。

十歳のナタリアは錬金術で作った魔法の箒に跨って、着の身着のままフォレース探究所を抜け出した。

追っ手がかけられていたので、なるべくラシード神聖国から離れようと、砂漠を抜けて隣国に向かった。

アストリア王国に向かったのは、他の国に比べて住みやすそうだと思ったからである。

ディスティアナ皇国は、民族意識が強い。排他的で、他民族を奴隷のように扱っているらしい。

他の国はディスティアナ皇国ほどではないけれど、やはり他民族が入り込むと目立ってしまう。

フォレース探究所から逃げるためには、目立たない場所がよかった。

アストリア王国は他国と貿易を盛んに行っており、移民も多い。ラシード神聖国からの移民も多く、血が混じり合うこともよくあると、図書室の本で読んだので、ナタリアは知っていた。

ナタリアは、アストリア王国の中で一番人が多く、人混みに紛れやすい王都で暮らすことにした。

とはいえまだ十歳のナタリアが一人で生活していくのは、なかなか厳しい。

魔法も錬金術も大人以上に扱うことができるけれど、そのことは隠したほうが賢明だろうと判断した。

ナタリアはすぐに、孤児院を運営している教会に拾われた。

ありがたいことに、アストリア王国の国王というのはかなりの名君らしく、孤児たちは手厚く保護されていた。

そのため、孤児たちの中に身を潜(ひそ)めて暮らした。

それから数年後。

ナタリアの優秀さに気づいた教会の修道長が、ナタリアが自由に錬金術や魔法の研究ができるようにと、王都の中心地にある継ぐ者のいない二階建ての自宅を、ナタリアにプレゼントしたのである。

アストリア王国の錬金術は、ナタリアの目から見れば児戯に等しかった。

けれど最初はレベルを合わせて錬金術を行い商品を作り、商売などをしたりしていた。

なにせ金がなかったのだ。

金がなければ、生きていけない。

働くことは性に合わないと気づいていたけれど、仕方ない。食べなければ死んでしまう。

いくらナタリアが世界最強の錬金術師だとしても、やはり食べなければ死んでしまうのである。ナタリアも人間なのだ。

この頃はまだ、ナタリアに自宅をくれた修道長は生きていた。

修道長がたびたびナタリアを心配して様子を見に来るので、仕方なく頑張って仕事をして、きちんと食べたり寝たり、人間らしい生活をしていた。

けれどそれから十数年後。

修道長が天寿を全うすると、ナタリアを心配する人は誰もいなくなってしまった。

それが悪かったのだろう。

向かない仕事を頑張ってこなして、アストリアの子供騙しみたいなレベルの錬金術に自分を合わせていたナタリアは、全てが馬鹿馬鹿しくなってしまった。

そして、再び魔法の筝に跨って、世界中を見て回った。

もうフォレース探究所からの追っ手もない。ナタリアは自由だ。

フォレース探究所は相変わらずろくでもない研究をしているようだけれど、二度と関わりたくないと思っていた。

世界中を回りながら、各地で出現している異界の門の、門の魔物を倒して素材を集めたり、珍しい動物や植物、魔物からとれる素材を集めたりして数年を過ごした。

結局またアストリアの自宅に戻ってきたナタリアは——もう外の世界には興味がなくなってしまったので、自宅にこもることにしたのである。


アストリアの王都にある自宅にこもりきりになったナタリアは、錬金術や魔法、それから異界研究を一人で続けていた。

世界の秘密を解き明かそうとか、崇高な志があったわけではない。

暇だったのだ。

けれど崇高な志も目的もなくても、一つのことに集中しはじめると、それに没頭してしまうのもナタリアだった。

寝食を忘れて研究し続けているうちに、いつしかナタリアの錬金術店の外観は蔦が蔓延る廃墟のようになり、内部もそれはもう酷い有り様になっていた。

そんなことにも気づかないぐらいに、世界中から集めた古の言語で書かれた文献を読み漁り、錬金術で新しい道具を作り、より強力な魔法を使うための呪文を試し続けた。

そうして、理解したのである。

この世界も異界も。

神の作った箱庭だ。

神の名前は——。

積み上げられた本や錬金術の素材、服やら食べ物の残骸やら食器やら、その他諸々が溢れ返った研究室の机に向かっていたナタリアは、その名前を口にしようとした。

けれど、そこでぷつりと意識が途切れた。

そしてナタリアの魂のようなものは、深い深い闇の中へと落ちていったのである。

「——あなたは、死んでしまいました」

そんな言葉で目を覚ました。

そこは、楽園のような場所だった。

清廉（せいれん）な水が流れ、花々が咲き誇り、いい香りのする風が肌に触れる。

大自然のただなかにぽつんとある神殿のような場所。

白亜（はくあ）の石で作られた、無機質な神殿の祭壇の上から声がする。

ナタリアは最後に意識を失ったときと同じ、黒い質素なローブ姿だった。

石造りの床の上に座り込んでいたナタリアは、立ち上がってぐるりとあたりの様子を確認する。

「死ぬと、異界に行くというのは本当だったようね。でも、なんで死んだのかしら、私。病気もしないし、健康そのものだし、まだ死ぬような歳でもなかったはずだけど」

腕を組んでぶつぶつと考え込むように呟（つぶや）くナタリアの前に、祭壇の上から美しい女性がやってくる。

女性の後ろには、威圧的な佇まいの男がいる。

二人とも普段着にしては仰々（ぎょうぎょう）しい服を着ている。どこかの国の法衣のようでもあり、今まさに戦いに行こうとしているような、よく磨かれたおろしたての鎧のようでもある。

女性の背中からは白い翼が四枚。

男性の背中からは、白い翼が六枚生えていた。

「天使ね。でも、私の研究では、死んだときに迎えに来てくれる天使は最下級の天使で、翼は形を成すまでには至らずに、透き通る光の残滓（ざんし）のように見える、はずだったんだけど」

「ナタリア・バートリー。あなたは研究に没頭し、神の名を言い当てました。けれど、あなたの命はそこで尽きた。理由は——自愛をしなかったための、過労、とでも言いましょうか」

ナタリアの目の前に立っている女性が言う。

その視線にはほんの少しの哀れみと、どういうわけか、すがりつくような期待が滲んでいた。

「そういえば、最後にご飯を食べたのはいつだったかしら。すっかり忘れていたわね。ま、いいか。特に生きる目的もないし。そう悪くない人生だったわ」

いくら世界最強の錬金術師であるナタリアでも、食事をしなければ死んでしまうのである。人間だから。

ナタリアはそのことを、すっかり忘れていた。

研究に没頭しはじめると、眠ることも食事をとることも忘れてしまう。悪い癖だ。

今まではぎりぎりのところで正気に戻り、急いで水を飲んだり固形栄養食をかじったりしていたけれど、今回は——どうやら駄目だったみたいだ。

ナタリアは溜息をついた。

そして開き直った。

死んでしまったのなら仕方ない。やり残したことも、会いたかった人もいない。

未練はなかった。

「ナタリア。……あなたに、お願いがあるのです」

——お願い。

ナタリアは首を傾げる。

人は命を失ったら、その魂は異界に向かう。

罪深い魂は冥府に落ちて、善良な魂は天上界に。魂は循環し、新たな命となる。

天使とは、異界の管理者だ。

魂を選定し導くもの。

そう、思っていた。

(天使が、頼みごとをしてくるなんて。まるで、人間みたい)

確かに目の前の女性は、六枚羽の男性に比べると、表情が豊かで人間味があるように見える。

「お願いって?」

「私の娘を、救って欲しいのです。私はもう、向こう側には行けません。見守ることしかできない。だから、……あなたに、命を返しましょう。その代わり、少しの間でいい、あなたの中に、私もともに在らせて欲しい」

女性のすがるような瞳が水気を孕む。天使も泣くのかと、ナタリアは感心しながらそれを眺めた。

天使とはもっと無機質で、感情のない——それこそ、神の道具だとばかり思っていた。

「私の娘、クロエを救うために」

女性は言った。

娘。クロエ。一体誰のことだろう。天使に娘がいるのだろうか。わからないけれど。

(――この私になにかを頼みたいのなら、それ相応の見返りは必要よね)

ナタリア・バートリーは世界最強の錬金術師である。命を落としたとしても、それは変わらない。

人間が天使の言うことに、二つ返事で従うと思ったら大間違いだ。

「どういうことかよくわからないけど、わかったわ。でも、別に私、生き返りたいと思っていないのよね。だから、天使を助けた見返りが命っていうだけじゃ、ちょっと割に合わないわ」

「命以上に上等な対価などあるまい。まだなにかを要求するつもりか」

今まで黙り込んでいた六枚羽の男性が、ナタリアを睨みつけて言った。

筋肉質の太い腕には、細長い竜が絡みついているような紋様がある。

彫刻のように均整の取れた体格と美貌の男だ。

燃えるような長い赤い髪と、金の瞳の男は――恐らくは熾天使と呼ばれる、天使の中でも最上位の存在だろう。

別に怖くはない。

敬意を払うつもりもない。

ナタリアは人間で、相手が天使というだけで、そこに上も下もないはずだ。

「そうね。死んだ私を生き返らせるなんて、よほどの事情があるのでしょう。天使が子供を持つなんて、そんな話はどの文献にも出てこなかったもの。そもそも蘇(よみがえ)りは禁忌(きんき)なんじゃないかしら。禁忌に触れるほどに大切なことなんでしょう、あなたの娘を守るというのは」

「ええ。これは、私の我儘です。けれど、あの子を守ることが――世界を守ることに、繋がるのです」

可憐な声で女性が言った。まるで、春風に頬を撫でられているような、心地のいい声だ。

「本当に、あなたに娘がいるの？」

「私はセレスティア。セレスティア・セイグリット。クロエは私の娘。それは、間違いありません」

やっぱり、聞いたことのない名前だった。

とはいえナタリアは世情に疎い。アストリアを出て他国を彷徨った後、家の中にずっとひきこもって研究を続けていたのだ。アストリアの王都には、ナタリアの知り合いは恐らくもう、誰もいない。元々人付き合いが好きなほうではなかったので、それ以前から友人も家族と呼べるような者も、誰ひとりいなかったのだけれど。

「まぁ、たとえ生き返ったところで、私には誰がクロエかわからないからね。しばらくあなたに体を貸してあげるわ、セレスティア」

「いいのですか……！　ありがとうございます……！」

セレスティアという名前の天使は、両手を胸の前で握りしめると、深々と頭を下げた。

世界を守る――なんてことに、ナタリアは露ほども興味がないけれど、助けて欲しいとすがってくる相手を見捨てるほど、冷酷でもない。

けれど、見返りは必要だ。天使を助けるのだから、相応の。

「……それは別に構わないんだけど、せっかく一度死んだんだもの。会っておきたい人がいるのよね」

「それはどなたです？　あなたが恩義を感じている、教会の修道長ですか？　それとも、ご両親？」

「両親のことはどうとも思ってないわ。それに、修道長のおばあちゃんにはもう会わなくていいのよ。人はいずれ死ぬ。それは自然なことで、もう一度会いたいなんて思わないわ。そんなふうに後悔をするような生き方はしてないもの」

「それなら……」

「私は、神に会いたいの。この世界を作った、原初の神。あなたたちの、お父様」

「――そうか、お前は知っているのだったな。私たちの、父の名を」

熾天使が、得心したように頷いた。

そこには怒りの感情はなく、どちらかといえばナタリアに感心すらしているような様子に見えた。

「――神龍シャガラ。私は神に会いたい。せっかく生き返るんだから、異界まで来たお土産が欲しいのよ。私はシャガラと契約を結ぶ。その力を、借りることができるように」

「それは人の身に余る力だ」

とても無理だろうと、六枚羽の男性は首を振った。

「それぐらいの力がないと、セレスティアの娘を守ることができないかもしれないじゃない。どうせなら、強いほうがいいでしょ。私は元々世界最強の魔導師で、崇高にして最高な錬金術師だけれど――そのナタリア・バートリーがもっと強くなったほうが、世界のためだと思わない？」

「ミカエル様……」

セレスティアが、なにかを訴えるように熾天使の名を呼んだ。

ミカエルと呼ばれた熾天使は、小さく頷く。

「あぁ、いいだろう。このミカエルの名のもとに、お前を父上のもとへ案内しよう。セレスティアの頼みは、聞いてくれるのだな」

「熾天使だろうとは思っていたけれど、ミカエルっていうのはその中でも一番偉い——天使長の名前ね。あなたが自ら出向くほどに、クロエっていうのは大切な存在なわけね」

「天使は人と子を成さない。それは禁忌だ。セレスティアは禁忌を犯した」

ミカエルは、厳かに言った。

「だが、子に罪はない。クロエは、セレスティアの子供であり、私たちの子供でもある。天使と人間の血を持つ、ただ一人の存在だ」

「つまり、クロエにはおせっかいな父親みたいな存在が、たくさんいるわけね」

「私たちは、門の向こう側の世界に、直接干渉をしない。それは禁忌。世界の理を壊す行為だ。だから、お前の力を借りたい。それはセレスティアの願い。私はそれに、賛同をした」

「いいわよ。といっても、私の中からセレスティアがいなくなったら、その先は、私が自分で考える。それでいい?」

「ええ、もちろん。ありがとうございます、ナタリア……」

セレスティアの瞳に涙が滲んで、ほろりと零れた。

それは大抵のことには動じないナタリアでさえ、息を呑むほど美しい光景だった。

そうして、ナタリア・バートリーは世界を創造した神龍シャガラと対面を果たしたのである。

ナタリアが、路地裏で男たちに囲まれているクロエを助け出す、少し前の話だ。

約束通り蘇ったナタリアの中には、しばらくセレスティアの人格が同居していた。

クロエを助け自宅に連れ帰ったナタリアの中のセレスティアは、完璧にナタリアを演じていたようだった。

というよりも、ナタリアの中にセレスティアが混じっていただけで、それはナタリアだったのかもしれない。

自分でもよくわからないけれど、ただ、いつもみたいに途中で面倒になって、クロエを見捨てて逃げるようなことはしなかった。

クロエに錬金術の基礎を教え込んで、数ヶ月。

ある日突然ナタリアの中から、セレスティアの人格が消えていた。

つまりはもう、大丈夫だということだろう。

ナタリアはただ一人のナタリアに戻った。そうすると、弟子のクロエが可愛いと思うようになった。

可愛いけれど、誰かの面倒を見たり、一緒に住むというのは、やっぱりどうにも面倒くさい。

クロエは一生懸命で、その一生懸命さを見ているのが、ナタリアにとってはなんとはなしに重荷になった。

だから、ナタリアは再び魔法の箒に跨って旅に出ることにしたのである。

◆団長と元国王の傭兵

綺麗に泡の立ったビールを前にして、ロジュ・グレゴリオは盛大な溜息をついている。

褐色の肌と逆立った銀の髪の、筋肉の鎧を身に纏っているかのように体格のいいロジュが、体を縮こまらせて存在感を薄くしている様（さま）を見て、カウンターの中にいるロキシーは眉を寄せる。

カウンター席に座っている、いつも快活で笑みを絶やさないロジュが、今日は異様に暗い。

他の客の注文にこたえながらも、どうしても目が行ってしまう。

「ロジュさん、とうとう飲みすぎで、医者に怒られた？」

店に来た途端に薄暗い雰囲気を全身から発散しているロジュを怒るべきか、それとも心配するべきか悩みながら、ロキシーは尋ねる。

ロジュの横には、最近傭兵団に入ったシリル・アストリア元国王陛下が座っている。

元国王陛下といっても、ロキシーよりはずっと若い。

シリルは、もうアストリアという名は捨てたらしい。

ロジュが他の傭兵の皆とともに、『新人歓迎会』と称して初めてシリルを店に連れてきたときは、ロキシーも少し驚いた。

けれど、冒険者だの傭兵だのの界隈（かいわい）には、訳ありな者が大多数。なので、もう慣れた。

「心配しなくても大丈夫だよ、ロキシーさん。医者には怒られてない。俺の肝臓は鋼のように硬く強く、どんな量のアルコールも分解できるんだ」

顔を上げたロジュが、いつものように軽口を叩いた。

ロキシーはほっと息をつく。そんなに深刻な悩みでもなさそうだ。

「それはよかった。別に心配してないけど。でも、それならどうしたの？」

ロキシーは、ビールのお供にと来店した方々皆に振る舞っている、豆と玉ねぎと、豚肉の内臓のソーセージのぶつ切りを煮込んで作ったパテを薄いパンにのせたものを、小さなお皿に並べて二人の前に出した。

ロキシーのお店に来てくれる、やや柄の悪そうな印象の屈強な男たちは、いつもお腹を空かせている。

お酒と小料理――程度では、彼らのお腹は満たされない。

なので、ロキシーはなるべく量が多く、安価なメニューを考えて、提供するようにしている。

毎日市場に行って、肉や魚や野菜をロキシーが大量に仕入れるので、市場の人たちもたまにあまりものや、商品にならないようなものを、分けてくれるようになった。

とはいえ、儲けは少ない。でも別に構わないと思っている。

儲けたくて、お店を開いているわけじゃない。

今はもう亡くなってしまったけれど――元々こうしてお店を開くことは、ロキシーの夫の夢だったのだ。

「ロキシーさん、これは？」

目の前に置かれた料理をしげしげと眺めながら、シリルが言う。

「そうねぇ、言うなれば、豆と豚の内臓と玉ねぎのパテ、かしら。美味しいわよ」

隣で何度も溜息をついているロジュを少しも気にしていないあたり、ロジュの様子は今に始まったことではないのかもしれない。

シリルは綺麗な所作で「いただきます」と食前の礼をすると、遠慮がちに手で薄いパンを摑む。手摑みでの食事に慣れていないところが、とても新鮮だ。

（そういえば、昔はクロエちゃんもそうだったわね）

今ではすっかり街に馴染んでいる可愛らしい錬金術師の姿を思い出し、ロキシーはくすりと笑った。

「……本当に美味しい。ロキシーさんの料理は、全て美味しいですね」

一口齧って、大切に嚙みしめるように咀嚼して飲み込んだ後に、シリルは褒め言葉を口にする。

（クロエちゃんに酷いことをしたシリル・アストリアは、どんな男なのかしらって思ってたけど、素直なのよねぇ）

シリルに「ありがとう」とお礼を言いながら、ロキシーは内心で小さく呟いた。

ロキシーは、クロエの事情はある程度知っている。

クロエから直接聞いたわけではない。こういう店で働いていると、噂は自然と耳に入ってくるものだ。

誰から聞いたのかはよく思い出せない。

酔っ払ったロジュから、だったかもしれない。それとも、ロジュから話を聞いていた、ロジュの部下からだったかもしれない。

ともかく、クロエはシリル・アストリアに捨てられた、元クロエ・セイグリット公爵令嬢で、今は街の人気者の、錬金術師のクロエだ。

そんな過去など感じさせないほどに、明るく一生懸命な女の子である。

ちなみに最近、恋人ができた。

ジュリアス・クラフトという名の男前で、無口でなにを考えているのかわかりにくいように見えるけれど、クロエを大切にしているのが、その態度からすぐに知れた。

店のカウンターの中から人々の様々な恋愛模様を眺めてきたロキシーの目は、誤魔化せないのである。

「よく味わって食べておけよ、シリル。明日からまた、異界の門の魔物討伐のための遠征だ。しばらく干し肉と石みたいなパンしか食えなくなるからな。ロキシーさんの料理がどれほど貴重か、思い知ることになる」

「あぁ。……しかし、遠征の前日の夜に、酒を飲んでいいのか」

「景気づけに一杯やっておかないと駄目だろ。傭兵なんてものは、いつ死ぬかわからないんだから」

「死なないように采配するのが、傭兵団の団長であるお前の役目なのでは？」

「頭が悪くて血気盛んな男だらけの傭兵団で、みんなー、死なないように頑張ろうねっ！　って言っても、誰も聞いてくれないんだよ。お前だって同じようなものだろう、シリル」

「……私は、死ぬつもりはない。国を守ることが、今の私の生きる意味だ」

「それなら、別にいいが、門の魔物討伐は危険な仕事だ。人間なんて、唐突に死ぬ。だから、できるだけ旨いものを食べたほうがいいだろ？　酒も美味しく飲んだほうがいいに決まってるだろ？」

「私としてはぜひ美味しく飲んで欲しいんだけど、ロジュさん、溜息ばっかりついてるじゃない」

死ぬの死なないの、せっかくの食事の席で物騒な話をする男二人に、ロキシーは咎めるような視線を送る。

けれど――ロジュの言う通りではある。

昨日元気に食堂に来て、酒を飲んで帰っていった冒険者や傭兵が、次の日の仕事中に命を落とす。

そんなことは、日常茶飯事だ。

「そりゃあ、だって、ロキシーさん。クロエちゃんが、ラシード神聖国に行ったっきり、帰ってこないんだよ」

ロジュは、泣き出しそうな表情で言った。泣き出しそうというか、実際に目尻に涙が浮かんでいるので、半泣きである。

シリルも心配そうに、物憂げな表情を浮かべる。

ロキシーは心配性な男たちを目の前にして、どうしたものかと、腕を組んだ。

ラシード神聖国について、ロキシーはあまり詳しくない。

そもそもクロエが他国に行ったことさえ知らなかった。

それなりに親しい間柄とはいえ、一緒に住んでいるわけでもないし当たり前ではある。

ジュリアスがクロエのもとに来る前は、クロエはよく食事をしに来てくれていたけれど、最近はそれも少なくなった。

それは多分、ジュリアスがクロエの作る食事を好んでいるから、だと思う。

クロエにしてみれば「食費が二人分になったので、節約をしている」ということになるのだろうけれど。

「ラシード神聖国って、よく知らないけれど、平和な国っていう印象があるわね。そんなに心配しなくても大丈夫じゃないの？」

　ロジュがビールを一気飲みして、「ロキシーさんもう一杯」と注文してくるので、新しいビールを注ぎながらロキシーは言った。

「アストリア王家が懇意にしているプエルタ研究院の研究長、ジャハラ・ガレナはまだ若いが、優秀で人柄もいいと言われている。私が会ったことがあるのはジャハラの父だが、どうやら亡くなってしまったらしいな」

　ロジュと違い、ゆっくりとビールに口をつけながら、シリルが言った。

　ロキシーがロジュに新しいビールを「はい」と渡すと、ロジュは再び一気に飲んで、ジョッキを戻してくる。

　いっそ樽ごとロジュの横に置くので、自分で注いでくれないかなとロキシーは思う。

「危険な場所とかじゃないって言ってただろ、シリル」

「あぁ。ラシードは秘密の多い国だが、排他的というわけではない。内乱が起こったという噂も聞かない」

「それなのに、一週間近くクロエちゃんが帰ってこないとか、なにかあったに決まってる」

「……ロジュさん、クロエちゃんだって、ゆっくり旅行したいときだってあるでしょ。それにジュリアスさんも一緒なんだから、心配ないわよ。……ジュリアスさんも一緒？　もしや、新婚旅行？」

　再び新しいビールをジョッキに注いでロジュの前に置いた後、ロキシーはぱちんと両手を合わせる。

　二人で旅行。

　とてもいい響きだ。

今頃は、ラシード神聖国の綺麗な宿で、二人でゆっくり過ごしているだろう。

（若いっていいわね。それにしても新婚旅行か、懐かしいわね）

ロキシーも、夫と結婚したときに、王都からほど近い街に旅行に行った記憶がある。お金はあまりなかったので、本当にささやかな旅行だった。

結局、夫との間に子供はできなくて、先に病気で逝ってしまったけれど――。

時々寂しいと思う。

それでもロキシーは、今、幸せだった。

店があり、手がかかる人もいるけれど、毎日たくさんのお客さんが来てくれる。ロキシーの店を訪れる客は男ばかりで、男性客がひしめくお店の中で、クロエはほぼ唯一の、女の子だ。

だからだろう、ロキシーにとってクロエは、娘のような存在だ。そんなクロエが幸せになってくれるなら、まるで自分のことのように嬉しい。

「新婚旅行……」

ロジュが青ざめる。ジョッキを持つ手が、カタカタと震えている。

「そうか、新婚旅行だから、帰ってこないのか……」

「ジュリアスの刻印除去について調べるためと、飛竜を購入するためだと言っていたと思うが」

シリルは金属製に見える義手で、思案するように顎に触れる。金属製に見えるけれど金属製ではないらしい。

その義手は、クロエが錬金術で作ったと、シリルは言っていた。

ロキシーがクロエと出会ったのはおよそ三年前。クロエが錬金術店を始めたばかりの頃。

クロエ自身の悪評もあって上手くいかず、お金がなくて困っていたクロエを、ロキシーは無理やりお店に連れてきて、食事をさせた。

あの頃はまだ駆け出し錬金術師だったクロエが、錬金義手まで作れるようになった。今ではクロエは、アストリア王国で一番腕のいい錬金術師だと評判である。

先頃はジュリアスとともに、アストリア王国を魔物の脅威から守ってくれた。

それでもやっぱりクロエは、ロキシーからしてみれば三年前に会ったときと同じ——一生懸命で気さくで、どこか間が抜けていて、優しく愛らしい、まだまだ年若い女の子である。

そう思っているのは多分、ロキシーだけではない。だからだろう。皆、クロエのことを大切に思っている。

だからこそ今も、ロジュやシリルの話に、他の客たちが聞き耳を立てているのだ。

「クロエちゃんと二人で旅行とか、羨ましすぎる。でも、もしクロエちゃんが危険な目にあっていたらと思うと俺は、心配でビールも喉を通らないぐらいだ」

「これで三杯目よ、ロジュさん。すぐわかる嘘をついてどうするのよ」

「それぐらい心配ってことなんだよ」

「大丈夫でしょ、ジュリアスさんが一緒なら。だって、ロジュさんよりもジュリアスさんのほうが強いみたいだし」

「うう……」

「正直……彼には誰も敵わないと思う。ジュリアスは、噂通りか、いや、それ以上に強い。ジュリアスなら、なにがあってもクロエを守ってくれるだろう」

深く頷きながら、シリルが言う。

ロジュは「ぐぁ」と、潰れた蛙のような唸り声を上げた。

「ロジュさん、いい加減吹っ切ったら?」

ロキシーは苦笑混じりに言った。

ロジュはクロエのことを、昔から好きだったのだろう。なにかに遠慮していたのか、それとも勇気がなかったのかは知らないけれど、クロエが錬金術店を始めてから、つかず離れずの距離でずっと見守っているようだった。

クロエは気づいていないようだったけれど、ロジュの恋心は、傭兵団の中では公然の秘密になるぐらい、わかりやすかった。

「だってさぁ、ロキシーさん。告白する前に振られたんだよ、俺。……いつの間にか、ジュリアスがクロエちゃんの側にいてさ」

「まぁ、そうよね。でも、まぁ、そういうこともあるわよ」

「ロジュ。……諦めろ。クロエは辛い思いをしている。……私のせいで。クロエの邪魔をするのはよくない」

私のせいで、という言葉のあたりで、シリルの周囲にどんよりとした暗闇が纏わりついたような気がして、ロキシーはやれやれと軽く頭を振った。

罪を忘れるなんて無理な話だろうけれど、優しいクロエのことだから、きっともうシリルのことは許していると思うのに、困ったものである。

「わかってるよ。わかってるんだけど、しばらく引きずらせてくれ……」

今日のロジュは一段と情けない。これでも、街の女性たちからは結構人気があるのだけれど。

本人にその気はないらしく、人当たりはいいけれどつれないのだと、ロキシーは幾度か年頃の女の子たちから相談を受けたこともある。そこがいいという意見も多い。

「それは別に構わないが」

「もしジュリアスの刻印除去ができたとして、魔法まで使えるようになったら、更に勝てる要素がなくなるだろ。辛い」

「しかし、もしなにかあったら、力になることはできるだろう。私たちは、私たちのできることをすればいい。落ち込む必要はない」

「お前はいいよなぁ、クロエちゃん手作りの義手があるんだもんな。そういえばジュリアスも、クロエちゃんの手作りの義眼を嵌めてるんだよな……俺だけなにもない……」

ロジュが更に落ち込んでいる。

ロキシーは肩をすくめて、とりあえず——ロジュの失恋を慰めるために、特製の塊肉(かたまりにく)の煮込み料理をサービスしてあげることにした。

◆エライザさん、反省する

ファイサル様は聖王宮で戦の後処理があるらしく、私が目覚めるよりも前に聖都に帰っていったらしい。

レイラ様はお留守番で、ファイサル様に「迎えに来るからそれまでプエルタ研究院で大人しくしていて欲しい」と言われているそうだ。

シェシフ様は、聖王宮の療養所で治療を受けているのだという。

命に別状はないみたいだけれど――。

「シェシフ様は、本当に優しい方だったのよ。王妃様はミンネ様を産んだときに亡くなって、それから後を追うようにして前聖王様も亡くなってしまい、まだ幼かったシェシフ様が、聖王を継いだの」

プエルタ研究院で治療を受けて数日。

私はすっかり元気なのに、うろうろしようとするとジュリアスさんが怒るので、まだベッドの住人になっている。

ジュリアスさんはヘリオス君のもとへ行ってしまうことも多いのに、私は部屋から出ちゃいけないとかどうかと思うけど、とっても心配してくれたみたいなので、許してあげることにしている。

ラムダさんたち竜騎士の中でも、怪我の程度が軽く動ける方々は、ファイサル様とともに聖都に戻った。

ルトさんとジャハラさんはファイサル様から聖王宮に呼び出されて、ナタリアさんはふらっとどこかに出かけたきり姿が見えない。

　せっかく久々に会えたのに少し寂しいけれど、「私も久しぶりにアストリアに戻ろうかしらね、気になることもあるし」と言っていたので、多分きっと帰ってきてくれると思う。

　レイラ様は気晴らしのために、プエルタ研究院で診療の手伝いをしているらしい。

　元々あまりじっとしていられない性分なのだそうだ。

　レイラ様は手伝いの合間に、私の部屋に時々遊びに来てくれる。今日もベッドの横に置かれた椅子に座って、私の話し相手になってくれていた。

「シェシフ様は、ミンネ様やファイサル様の父親代わりだった。大人たちに囲まれて、気苦労も多かったと思うけれど、そんな素振りを見せたことはなかったのよ」

「シェシフ様は、ただ、ミンネ様を助けたかっただけ、なのですよね」

　私はレイラ様に、なにが起きたのかを少しずつ話していた。

　いろいろありすぎて混乱していたから、レイラ様に話を聞いてもらうことで、ようやく頭の整理ができたように思う。

「そうだったのね、きっと。ミンネ様の立場は、かなり厳しいものだったから。……ミンネ様は、日に当たると肌が焼け爛れてしまうというご病気で、外には出られなかった。幼い頃は、お部屋で一緒に遊んだこともあるけれど、そのうち、ご病気が悪化して熱を出されることも多くなってね」

　レイラ様は寂しそうに、それから懐かしそうに、遠くを見る目をしながら言葉を紡ぐ。

　私はベッドの上で上半身を起こして、レイラ様の話を聞いていた。

「ミンネ様のご病気のこと、呪いだと言う大人もいたし、側に行くと病気がうつると恐れる大人も少なくなかった。ミンネ様は神の怒りに触れた。だから、神への信仰を示すため、殺めてしまえと主張する者もいたらしいのよ。ファイサル様から聞いたことがあるわ」

「原因がわからない病気というのは、怖いものなのでしょうね」

「そうね。……私も、両親からミンネ様には会うなと言われることもあったわ。サリムのことを詳しく知っているわけじゃないけれど、……妹を大切にしてくれていると、ファイサル様はいつか嬉しそうに言っていたの」

「……誰も、助けられませんでした」

私は白い掛け物の中で、膝を抱えて俯いた。手を伸ばせば届く距離にいたのに、私にはなにもできなかった。

「そんなことを言ったら、私のほうがよっぽどなにもできなかったわよ。クロエ、ありがとう。知り合ったばかりの私たちのために、ぼろぼろになるまで頑張ってくれて。あなたたちがいたから、ファイサル様が、生きて戻ってきてくれた」

レイラ様はベッドのほうに身を乗り出して、私の体を抱きしめてくれる。

レイラ様は柔らかくて、花のようないい香りがした。

「本当にありがとう。クロエたちが、この国を守ってくれた。落ち込む必要なんてない。胸を張って、堂々としていて」

「レイラ様、……ありがとうございます」

私はやっと、それだけを言うことができた。

胸がいっぱいで息が詰まる。ただひたすらに必死だった。必死に頑張っても、私にできることなんて少ししかなかった。私の手が届かずに失われてしまった命のことを考えると、気持ちが沈んだ。

レイラ様の言葉に元気づけられて、私はレイラ様の腕の中で、ようやく笑顔を浮かべることができた。

「……こんなことしているのが見つかったら、ジュリアスが怒るわよね」

「レイラ様は女性だから、怒らないと思いますけれど」

「嫉妬深い男の嫉妬心を甘く見たらいけないわよ。ファイサル様も、結構面倒なところがある人だから、なんとなくわかるのよね」

「ファイサル様は、生真面目、という印象の方ですね」

「真面目すぎるのよね。それで、一人でぐるぐる考えてばかりいるのよ。で、ある日突然爆発したりするわよ。ジュリアスは悩んだりはしなさそうだけれど、嫉妬深さで言ったらファイサル様と同じぐらいなのではないかしら」

レイラ様はそっと私から離れて、指先をぷっくりした唇に当てて考えるように言った。

「突然爆発？　ファイサル様が？」

「そう。レイラ、あの男は一体誰だ……！　みたいに詰め寄られたことが、何回かあるわよ。それも突然。私としては、あの男、なんて誰のことかさっぱりわからないし、身に覚えもないのに」

「レイラ様は綺麗ですから、男性から人気もありそうですし」

「以前から思っていたのだけれど、レイラ様とか、やめて。レイラでいいわよ。クロエ、あなたも昔は私と同じ、公爵家の令嬢だったのでしょう？　それに今は、この国の恩人よ。本当は私があなたに敬意を払わなければいけないのだろうけど……」

「レイラ様は、……ええと、レイラさんはそのままでいてくれると、私は嬉しいです。私はただの、通りすがりの美少女錬金術師ですので」

容姿も物腰も見るからに洗練された立場の尊いご令嬢のレイラさんに、敬(うやま)われるなんて、とても考えられない。私は両手をぶんぶん振って、慌てて言った。

レイラさんは口元を扇(おうぎ)で隠すと、楽しそうに、鈴を転がすような声で笑った。

プエルタ研究院は安全だと思うのだけれど、レイラさんは鉄扇(てっせん)を常に持ち歩いているみたいだ。レイラさんにとっての鉄扇は、私にとってのエプロンドレスと同じなのかもしれない。

「私は、できれば友達になりたい。クロエと」

「お友達に？」

「ええ。同じ歳でしょう、私たち。二十歳の美少女だって、聞いたわ。ジュリアスから」

「……私のいないところで、ジュリアスさんは一体なにを……」

ジュリアスさんは、私について一体なにを話しているのかしら。

私は確かに二十歳だけれど、二十歳の美少女、クロエ・セイグリット——なんて、わざわざ言わなくていいのに。

「レイラさん綺麗だし、大人っぽいから、もっと年上だと思ってました」

「クロエが美少女なら、私は、妖艶な美女、といったところかしら。肩書きとしてはありきたりね」

今度から自己紹介のときに、「妖艶でセクシーで男を惑わすのが得意だと評判の、レイラと申しますわ」と言おうかしら、などと呟くレイラさんを、私は「やめたほうがいいです」と止めた。

それこそきっと、ファイサル様がぐるぐる悩んだ挙句(あげく)、そのうち大爆発してしまうかもしれないからだ。

私たちはひとしきり笑い合った。

お友達。

ずっと、いなかったわよね。

――なんだか、くすぐったくて、すごく嬉しい。

「あぁ、そういえば。今日は二つ、伝言があって来たのよ」

レイラさんが思い出したように、扇をぱしりと叩いて言った。

「一つ目は、ファイサル様から。国を守ってくれたこと、ともに戦ってくれたことのお礼をしたいから、しばらくラシードに滞在できるだろうか、という打診ね。それから、……クロエの知り合いの、エライザといったかしら。やっと、目を覚ましたの」

「エライザさん、無事だったんですね！」

私は、目を見開いた。

よかった。

エライザさんとコールドマンさんもプエルタ研究院の療養所に運び込まれていたけれど、かなり消耗(しょうもう)していたようで、その状態は厳しいと聞いていた。

――あんな姿にされていたのだ。

命が無事だっただけでも奇跡だろうと、私からなにがあったかを聞いたジャハラさんが言っていた。

私は胸を撫で下ろした。

「それで、クロエに会いたいと言っているみたいだけれど。どうする？」

「もちろん、会いに行きますよ。私はもう元気なので、お見舞いぐらい行ってもいいですよね」

勝手に動き回るとジュリアスさんが怒るだろうから、ちゃんと許可を取ってからだけれど。


レイラさんが部屋から出ていって、入れ替わるようにしてジュリアスさんが戻ってきた。

「また来ていたのか、鉄扇の女が」

ゆったりとしたお気に入りの黒いローブを着たジュリアスさんが、ベッドの端に腰を下ろして言った。

「なんて呼び方をするんですか。レイラさんですよ。急に忘れちゃったんですか、ジュリアスさん」

鉄扇の女。確かにその通りだけれど、すごく強そう。筋骨隆々な女性、みたいな感じがする。レイラさんは美女なのに。

「寝ていろと言っただろう、クロエ」

「大丈夫ですって。魔力、使い果たしちゃっただけで、もう回復してます。ルトさんとジャハラさんがくれた魔力回復におすすめの砂光蟲の粉末を、ジュリアスさんが毎日これでもかってぐらい私の食事に混ぜているでしょう。おかげ様で、それはもう元気ですよ」

私はベッドの脇に置かれている、両手で持てるぐらいの大きさの、綺麗な硝子容器を指差した。

ルトさんとジャハラさんが、聖王宮に向かう前に、届けてくれたものである。

二人は私の体をとても心配してくれた。

『クロエさん、私は刻印師。命を削って高威力の魔法を使うという、とても不健康な生活を送ってきました』

そう言いながら、ルトさんが差し出してくれたのが、見たこともないほど奇妙でウネウネとした蟲の絵が描かれた、紙袋だった。

不健康な生活、なんて言葉で片付けていいのかしら。そしてルトさんのお兄さん、サリムさんのことは、大丈夫なのかしら。

いろいろ気になることはあったけれど、そのときの私はまだ十分に回復していなかったので、うん、と頷くくらいしかできなかった。

『これは、ラシード神聖国の刻印師たちの間で魔力回復にとてもいいと評判の、砂光蟲を乾燥させた粉末です。少し苦いですが、お食事などに混ぜて召し上がるといいかと思います』

「このままでは、見栄えが悪いかと思いまして、綺麗な容器も持ってきました。僕も時々、ものすごく疲れたときに飲んだりします。少し苦いですが、効果は抜群です」

ジャハラさんがそう言って、紙袋の中身を綺麗な硝子の器に移してくれた。――謎の蟲の、薄茶色の粉末を。

それをジュリアスさんが、もらったその日から躊躇なく私の食事に混ぜ込んでくる。

その量で正しいのか疑問になるぐらいの量を、スープなどに入れられて、ぐいぐい口の中に押し込まれる生活。

確かにルトさんやジャハラさんのいう通り、その粉末はちょっと苦かった。

苦くてえぐみのある蟲ご飯のおかげか、目を覚ましてからの私の回復は速く、もうすっかり元気だ。

数日前は腕や足にあんまり力が入らなかったけれど、今はそんなこともない。

そんなこともないのに、ジュリアスさんは私にご飯を食べさせようとする。

一人で食べられると言っているのに、「口を開けろ。食え」などと言いながら、私の口にご飯を突っ込んでくるのである。いくら言っても、スプーンを離してくれない。

――甘やかされているとか、ロマンティックだとか、思いたいのよ、私だって。

でも多分、どこからどう見ても、どう考えてもそこにある光景は、砂光蟲練り込みご飯を私に給餌(きゅうじ)しているジュリアスさんである。

懐かしそうにぽつりと「ヘリオスが生まれたばかりの頃、小さな魔物をすり潰したものを、スプーンで餌として与えた」とか言うので、さらに餌付け感が強くなった。

もう砂光蟲の粉末は、食べなくていいと思うの。

このまま食べ続けていたら私は、砂光蟲を好んで食べるという砂トカゲになってしまうかもしれない。いえ、どちらも実際に動いている姿は見たことがないのだけれど。

「もう元気なので、そろそろ動かないと体がなまっちゃうと思うんですよね。お母様も、夜九時過ぎにご飯を食べると太るし、適度な運動をしなければ、油断していると人間は太るのよって言っていましたし」

「お前の母親は、人間ではないだろう」

ジュリアスさんが長い脚とついでに腕を組みながら言った。

ジュリアスさんはよく腕や脚を組んでいるのだけれど、もしかしたら長すぎて、組んでいないと邪魔なのかしらと最近思う。

スタイルがよすぎる故の悩みというのも、実はあるのかもしれないわね。

ベッドサイドに脚と腕を組んで座っているだけなのに、絵になる男、ジュリアスさん。

私は心の中でしみじみとジュリアスさんの容姿を褒めた。口には出さないように気をつけた。どうせ「俺の容姿がお前の好みだということは、よく知っている」とか言われるに決まっている。

「そうみたいです。異界の門から落ちてきたお母様を、お父様が拾ったんですね、多分。で、私は気づいてしまったんですけど」

「なにに？」

「お母様は、人間は油断すると太ると、よく言っていました。さてはお母様、お父様に拾われたばかりの元気だった頃は、人間のご飯が美味しくて、たくさん食べすぎて太ってしまったんじゃないかと」

「……天使も太るのか？」

「わかりませんけど、すごく大切なことのように言っていたので、記憶に残ってるんですよね」

「もっと重要な話があったんじゃないのか」

「どうも、ご飯と体重に関する話ばかりが記憶にありますね」

「……お前の母親も、お前に似ていたんだな」

「どういう意味です、それ」

あんまり褒められている気がしないわね。

ジュリアスさんは手を伸ばして、私の頬をさらりと撫でた。

武器を持ち慣れたジュリアスさんの手は、皮が厚くてとても硬い。骨も太くて、指が長い。少し冷たくてざらりとした感触が、頬に触れる。

青と赤の瞳に顔を覗き込まれて、一気に頬に熱が集まった。

どうしよう。ものすごく、緊張する。嬉しいのに、すごく恥ずかしい。

ジュリアスさんとは毎日一緒にいるのに、少し触られたぐらいでこんなにドキドキしていたら、そのうち心臓が働きすぎで止まってしまうかもしれない。

私は、ジュリアスさんのことが好き。

そして、ジュリアスさんも私のことが、結構、わりと、好きらしい。

それなので、うん。大丈夫、問題はないのよね。

なにが大丈夫でなんの問題がないのか、よくわからない。私は誰に対して言い訳をしているのかしら。言葉が頭の中をぐるぐる回って、沸騰しそうになる。

「確かに、貧相なりに多少は血色がよくなった。元の体重に戻るまで、あと少し、といったところか」

「ちょっと待ってください、ジュリアスさん。どうしてジュリアスさんが私の体重を知っているんです？」

ジュリアスさんは優しく触れていた私の頬を、ぎゅ、と抓(つね)った。

意味がわからない。今、抓られるようなことを言ったかしら、私。

ジュリアスさんは私の頬から指を離すと、首にある小さな南京錠のついた黒い紐状の首輪に指をかける。

「お前は俺の主だろう。主の体の状態を把握するのは当然だ」

「さてはジュリアスさん、私のことをヘリオスくんの妹かなにかだと思っていますね」

「お前は飛竜なのか？　俺はお前を、美少女錬金術師クロエ・セイグリットだと思っているが」

「……なんなんですか、ジュリアスさん。さては面白がっていますね。私のいないところで他の人に、私のことを美少女って紹介するのやめてくださいよ」

プエルタ研究院で過ごすようになってから、ジュリアスさんは少し、変わったと思う。

それはファイサル様や、ラムダさんや、他の竜騎士の方々といった、飛竜愛好家の皆さんと話すようになったからなのかもしれない。

変わったというか、少しずつ、戦争が始まる前のジュリアスさんに戻っているというか。

ジュリアスさんは口元にわずかに楽しげな笑みを浮かべて、私の髪を撫でた。

「……ヘリオスが、お前に会いたいと怒っている。ラムダの飛竜、リュメネを真似て、俺をつつくようになった」

「嬉しそうですね、ジュリアスさん」

「あぁ。あれはずっと、俺に忠実で……辛い光景ばかりを見せてきたからな。……そろそろ部屋から出るか、クロエ」

「ジュリアスさん、心配してくれて、ありがとうございました。……その、あの、……ええと」

「なんだ？　歯切れの悪い。はっきり言え」

「……療養中、ジュリアスさん優しくしてくれたし、心配してくれたし、一緒にいてくれたので、悪くなかったなーなんて、思いまして」

「いつもと同じだろう」

ジュリアスさんは私の頭を乱暴に撫でると、立ち上がる。

いつもと同じかしら。

そう言われると、確かにそうかもしれない。ジュリアスさんは私のことをいつも心配してくれているし、分かりにくいけれど結構優しかったような気もする。私の感じ方が、変わったというだけで。

「起きられるようになったからといって、勝手に動き回るな。どこか行きたい場所があるんじゃないのか？」

「そうでした。実は、エライザさんが私に会いたがっているみたいなんです」

「あれは、まだ生きているのか。まるで——あれのように、しぶといな」

「私は今、天才的なひらめきでジュリアスさんの言葉を理解してしまいましたけれど、あれを具体的に言ったら駄目ですからね、絶対」

「なぜ会う必要がある？」

「だって、心配じゃないですか」

ジュリアスさんは嘆息した。口には出さなかったけれど、お人好しの阿呆と言われたような気がした。

エライザさんのいる病室まで、プエルタ研究院の治療師の方に案内してもらった。

私がいる部屋を出て歩いてすぐの、白い廊下に整然と並んだ黒い扉を叩くと「どちら様ですか？」と、少年の声が返ってきた。

「クロエ・セイグリットです。レイラさんから、エライザさんが私に会いたがっているって聞いたものですから」

案内してくれた白い服を着た治療師の方は軽く会釈をして去っていった。

扉の向こう側に話しかける私の隣では、ジュリアスさんが腕を組んで扉を睨みつけるようにしている。

扉にまで敵意を持たなくてもいいのに。

お見舞いに来たにしてはあまりにもご機嫌の悪そうなジュリアスさんの服の袖を、私は引っ張った。視線を向けてくるジュリアスさんを見上げて、にっこりと笑ってみせる。営業の基本は笑顔なのだという気持ちを込めた。

ジュリアスさんは私を見下ろして、呆れたように目を細めた。

「……お二人とも、来てくださったのですね」

扉が開き、私よりも少し背が高いぐらいの、小柄な少年が顔を出した。

エライザさんとともに混じり物にされていた、メフィストを倒すためにともに戦ってくれた少年だった。

ジャハラさんと同年代ぐらいに見えるので、年の頃は十五歳から十七歳といったところだろうか。

サラリとした黒い髪で、どこか暗さのある紫色の瞳が前髪で半分ほど隠れている。ぴったりと体を包み込んだ黒い服からわずかに覗く肌は、透けるように白い。

「エライザ様は起きています。マイケル様は別室で治療を受けていますが、まだ目覚めないようです」

少年は丁寧な口調で言った。

「エライザさんとお話しできますか？」

「わざわざ足を運んでいただいてありがとうございます、クロエ様、ジュリアス様」

少年は、胸に手を当てると、恭しく私たちに頭を下げる。

「い、いえ、そんな、ご、ご丁寧にありがとうございます。普通で、普通でいいですからね」

一緒に戦ったとはいえ、ほぼ初対面の少年に敬われるなんて思っていなかったので、私は動揺しながら、わたわたと両手を振った。

ジュリアスさんはなにも言わなかった。敬われ慣れているわね。さすがは黒太子・ジュリアスさん。

「お二人は、エライザ様の命の恩人です。礼節を弁えるのは、当然のこと。……本当に、ありがとうございました」

「ええと、その、気にしないでください。美少女錬金術師として当然のことをしたまでです」

「美少女錬金術師というのは、国を救ったり人の命を救う職業なのか？」

お礼を言われて照れる私の後ろから、呆れたようなジュリアスさんの声が聞こえる。

「美少女錬金術師というのは、錬金術でお金をがっぽり稼ぐ職業です。人助けは、人として当然と言いますか」

「クロエ様は、優しい方なのですね」

少年は微笑んだ。

どこか儚さのある笑みに、どことなくふんわりした気持ちになる。

もし私に弟がいたとしたら、こんな感じなのかしら。ジャハラさんも同じ年ぐらいだろうけれど、ジャハラさんは落ち着きがありすぎて年下の少年という感じはあまりしないのよね。

「俺、……ではなくて、私は、アンリと申します。エライザ様の護衛をしています」

少年の名前は、アンリ君。

アンリ君は私たちを、「こちらにどうぞ」と、部屋の中へと案内してくれる。

ジュリアスさんが私の後を静かについてくる。

「はじめまして、アンリ君。あのときは、一緒に戦ってくれてありがとうございました。アンリ君は、怪我の具合は大丈夫なのですか？」

「ええ。怪我の後遺症でしょうか、まだ両腕に力が入りづらいのですが、特に欠損もなく、生活に支障はありません。ジュリアス様に折られた脚も、特に問題なく動いています」

アンリ君が衝撃的なことを言うので、私は目を見開いて背後にいるジュリアスさんを振り返った。

「ジュリアスさん、いつの間にアンリ君の脚を？　まさか私が三日間寝ていたときに？　喧嘩でもしちゃったんですか、ジュリアスさん」

「お前は俺をなんだと思っているんだ？」

ジュリアスさんが私の耳を引っ張る。この感触、久しぶりよね。痛い。

「ごめんなさい。びっくりして、つい。アンリ君、ジュリアスさんと知り合いだったんですか？」

「はい。聖王宮で、一度戦わせていただきました。エライザ様を救うため……ではなくて、あのときは、私怨を晴らすためでした。申し訳ありませんでした」

アンリ君はもう一度深く頭を下げた。

頭を下げるアンリ君と興味のなさそうなジュリアスさんを、間に挟まれた私は交互に見る。

それからジュリアスさんの手をぐいぐい引っ張った。

「ほら、ジュリアスさん、ごめんなさいと言っていますよ。なにか返事をしてあげてくださいよ。というか、なにがあったか知りませんが、アンリ君に怪我をさせたんだから、ジュリアスさんも謝るべきなんじゃ……」

「こいつは、暗殺者だろう。謝罪を受ける必要も、する必要もない」

「先にジュリアス様を殺そうとしたのは私です。けれど、まるで歯が立たなかった。ジュリアス様は私に温情をかけ、骨を折るだけにとどめてくれたのです。そのうえ、人生の指標になる言葉までかけてくださって」

アンリ君がどことなくきらきらした眼差しをジュリアスさんに向けている。

「……そうなんです？」

「忘れた」

「ジュリアス様が忘れても、私は覚えています。大切なものは自分で守れと、ジュリアス様は言いました。けれど、私はエライザ様を守れず、メフィストに捕まり、あのようなことに……」

「それは仕方ないですよ、アンリ君。だって相手は、門の魔物よりもよっぽど強い、悪魔なんですよ？　でも、無事でよかったです」

「クロエ様のおかげですね。うっすらと記憶にあります。異形になった私たちを包む、優しく温かい光を。……ジュリアス様ほど強ければ、大切なクロエ様を自分の力で守ることができるのでしょう。私もそうでありたい」

ジュリアスさんにとって、大切な、私。

なんだろう。こそばゆい。恥ずかしい。

アンリ君とジュリアスさんになにがあったのかよくわからないけれど、ジュリアスさんは私のいないところで一体どんな話をしたのかしら。

赤くなってしまった顔を、私は両手で覆った。

「クロエ。少しは慣れろ」

「慣れません……ジュリアスさんが悪いんですよ、そういうところがずるいんですよ」

「ずるいの、意味がわからない」

「全体的にずるいんです」

「お二人は本当に、信頼し合っているのですね。羨ましいです」

アンリ君が微笑ましそうに言った。

今のやりとりのどこを見たらそう思うのかしら。いつだかジャハラさんにも同じような対応をされたことがあるわね。少年たちに気を遣わせてしまって申し訳ないわね。

私、二十歳のお姉さんなのに。

「アンリ君にとって、エライザさんは大切な人なんですね」

私は気を取り直して居住まいを正し、口を開いた。

アンリ君は、小さく頷く。

「はい。……私は、ディスティアナ皇国との国境付近の街の、貧民街の孤児でした。孤児同士の争いに巻き込まれて死にかけ、路地裏で倒れていたところを、エライザ様に、拾ってもらったんです」

「奇遇ですね、アンリ君。私も路地裏に捨てられたんですよ。路地裏縁がありますね」

「そうですね、クロエ様」

アンリ君は、口元に手を当ててくすくす笑った。

私はほっと息をつく。

ディスティアナ皇国との国境近くの街は、長く続いていたディスティアナ皇国の侵略のせいもあってか、治安があまりよくない。

王都近郊の孤児はきちんと保護されているのだけれど、広い国の中では、場所によって差がある。

王都から外れるほど、過酷な境遇にいる子供は多い。まだ私が公爵令嬢だったとき、シリル様が悩ましげにそんな話をしてくださったことを思い出す。

アンリ君もきっと辛い思いをしたのだろう。無理に話さなくていい。私も、ジュリアスさんと出会うまではずっと、捨てられたときの記憶のせいで、男の人が怖かった。

それを口に出すこともできないほどだった。

私たちがいる部屋の奥にもう一つ扉がある。アンリ君が扉を開いた。そこは中央に白いベッドが置かれた寝室になっている。部屋の造りは、私が寝ていた部屋とそう変わらない。

ベッドに、小柄で愛らしい少女が横たわっている。

たくさん積まれたクッションに上半身を埋めるようにして少し体を起こしている様は、まるでお人形さんのようだった。

黙っていれば可愛らしい、男運が最悪に悪いと私の中で評判の、エライザさんだ。

エライザさんは私たちを連れて部屋に入ってきたアンリ君を見て、大きな瞳を見開いた。

「エライザさん、……体の具合はどうですか？　お見舞いに来ましたよ」

「クロエ……来てくれたの」

やつれた顔に少しだけ笑顔を浮かべて、エライザさんは言う。そこにはかつてあったはずの、敵意もなければ憎しみもない。

私はほっとした。

お話もできるし、思ったよりも元気そう。よかった。

ベッドの横に、私は近づく。ジュリアスさんは私のすぐ後ろで、壁際に寄りかかった。

アンリ君が、私の反対側のベッドサイドに立って、エライザさんの背中に手を当てて、クッションに埋まった体を直した。

「大丈夫ですか、エライザさん。体、痛みませんか？」

「痛いところはないの。まだ動けないけれど、もう、元気なのよ。……クロエ。あなたが私やお父様を、そして、アンリを助けてくれたのね」

「助けるって言っても、大したことできませんでしたけど。私だけじゃなくて、ジュリアスさんやファイサル様やナタリアさん、皆さんの力があったから、悪魔に勝つことができたんですし……」

「でも、……あなたは、私を守ろうとしてくれたのよね。アンリが教えてくれた。私は、クロエに酷いことばかり、したのに」

「エライザさんに？　なにかされましたっけ……？」

エライザさんに直接なにかをされた記憶はない気がする。

いろいろあったけれど、私は無事だし、この通り元気だ。エライザさんを怒る理由も、恨む理由も特に見当たらない。

無事でよかったなぁとは思うけれど。

「したじゃない。ジュリアスを欲しがったし、ジュリアスが欲しくて、お父様に頼んであなたを暗殺者に襲わせたり、人殺しの冤罪を、着せようとしたり。それから、メフィストに言われるままにラシードに渡って、シェシフ様に取り入ったの。聖王宮で、クロエを見かけたから、シェシフ様に告げ口したのよ」

「大したことしてないですよね、エライザさん。別に気にしてませんよ」

「で、でも」

「それよりも私としては、エライザさんの男運がとても心配です。大丈夫ですか？　シェシフ様、私はあんまり好きじゃないっていうか、嫌いですけど、エライザさんは好きだったんじゃないですか？」

エライザさんはシェシフ様の奥さんになりたかったのではないかしら。

こんなことになってしまって、傷ついていないといいけれど。

「好きじゃないわよ。シェシフ様は私を側に置いてくれたけれど、それだけだった。手には触れてくれたけれど、他の愛人のようには扱おうとしなかったのよ」

「そうなんですね。優しいところあるんですね、シェシフ様も」

「子供だと馬鹿にされていたのよ」

「世の中にはいい男がもっと他にいますって。今度、ロキシーさんのお店に一緒に行きます？　傭兵団の方々とか、冒険者の方々とか、独身男性がいっぱいいますよ」

「……私が失恋したみたいな雰囲気出さないでくれる？」

エライザさんは深々と溜息をついた。

エライザさんは毒気が抜けたように、ふっと笑った。

「……私、反省したの。本当よ。やっと、目が覚めたの」

私は頷いた。

きっと、すごく怖い思いをしたのだろう。

メフィストに捕まって生きたまま錬金窯に入れられて、体を溶かされてあんな姿にされたのだから、それはもう怖かったと思う。

想像することしかできないけれど、こうしてお話ができることが奇跡と呼べるぐらい、恐ろしかったはずよね。

それなのに泣いたり叫んだり、誰かのせいにしたりもしないで反省したと口にできるエライザさんは、アンリ君が守りたいと思うぐらいに、根はいい子なのかもしれない。

「口ではなんとでも言える」

私が口を開くよりも先に、ジュリアスさんが冷たい声で言った。

今まさにいい雰囲気で仲直りできそうだったのに、一気に部屋の空気が冷え込んだような気がする。

エライザさんが青ざめて、アンリ君が苦しげに俯いた。

「ジュリアスさん、若くて可愛い女の子相手に随分厳しめですね……！」

私はジュリアスさんのほうを、がばっと音がするぐらいに振り向いた。

エライザさんは多分私よりも若いし、アンリ君もそう。

もう少し寛大に見守ってあげてもいいんじゃないかしら。せっかく謝ってくれたんだし。

ジュリアスさんは壁に背中を預け腕を組んだまま、冷めた瞳でエライザさんたちを見ている。

「お前がなにを言ったか、なにをしたか、このお人好しは忘れたらしいが、俺は忘れていない。お前の身勝手な行動がどれほどの被害を出した？　反省したという一言で片付くと思ったら、それは大きな間違いだ」

「まぁまぁ、ジュリアスさん。エライザさんはまだ若いんですよ。全ての始まりがジュリアスさんに一目惚れしたことって思えば、可愛いものじゃないですか」

「……どのあたりが？　こんな子供にどう思われようが、どうでもいい」

「子供だって思ってるなら、なおさらもう少し優しくしてあげてくださいよ。私はエライザさんに嫌われていないようでよかったなぁって思ってるんですから、それでいいじゃないですか」

「いい加減にしろ、お人好しの阿呆。お前はこの愚かな子供のせいで、死にかけただろう」

困ったわね。

ジュリアスさんが私にまで怒りはじめたわよ。

いいえ、私は怒ってるジュリアスさんに慣れているので別に大丈夫なんだけど、怒っていなくても迫力のあるジュリアスさんなのだから、怒っていたらそれはそれは怖いわよね。

私は両手をあげて「まぁまぁ」と言った。

どうか怒りを鎮(しず)めたまえという気持ちだ。

私はお見舞いに来たのであって、エライザさんを吊るし上げに来たわけじゃないのよ。そもそも、はじめからそんな気はないんだし。

「優しくない……ジュリアス・クラフト。これっぽっちも優しくない……アンリのほうがずっと優しい……」

エライザさんの瞳に、とうとう涙が浮かぶ。

ポツリとエライザさんが呟いた言葉に、私は完全同意をした。

そうなのよ。ジュリアスさんは基本的に慈悲深くもなければ、必要以上に優しくなんてないのよ。最近結構優しいなって思うこともあるけれど、元々ジュリアスさんの優しさはヘリオス君だけに向けられたものだったのだし。

「お前を皆が甘やかし、そうして泣けば手が差し伸べられたのは、お前の背後に金持ちの父親の姿があったからだろう。ただ、それだけだ。それだけでお前は増長し、罪を犯した。怖い思いをしたから目を覚ました？　笑わせる。子供でも、お前よりまともにものを考えるだろう」

いつもよりもジュリアスさんが饒舌だ。

ものすごい勢いで、エライザさんの傷に塩を塗り込んでいる。

私はジュリアスさんの口を両手で塞いだ。「ジュリアスさん、待って、待って」と言いながら、背伸びをしてジュリアスさんの口に両手を当てる私。まるで大人らしさがないわよね。

このあたりで一発、エライザさんよりも年上のお姉さんとして、ちょっといい話でもして状況をまとめられたらいいのだけれど、ジュリアスさんがお怒りになっている限りそれは無理そうなのよ。

「……エライザさん、ジュリアスさんは結構誰にでもこんな感じなので、あんまり気にしないでくださいね」

「……いいのよ、クロエ。ありがとう。……本当に優しくてお人好しなのね、あなたって。……ジュリアスの言う通りよ。私は、甘やかされてきて、世界は自分の思い通りになるって信じてた」

エライザさんの目尻の涙を、アンリ君が拭う。

それから腕で庇うようにしながら、アンリ君はジュリアスさんを見上げた。

「ジュリアス様のお怒りはもっともです。けれど、ジュリアス様やクロエ様に出会う前のエライザ様は、少し気位が高いだけで、私を助けて側に置いてくれるような、優しいところもあったのですよ」

「アンリ君が大切にしているエライザさんなんですから、いいところもいっぱいあると思いますよ。ちょっと、間違えちゃっただけで……そうですね、ジュリアスさんの魔性の魅力にあてられて、道を踏み外しただけです。そういうこともありますよ」

私はエライザさんの姿に、アリザを重ねていた。年齢が近いせいなのか、どうしても思い出してしまう。

アリザも、きっと同じだ。

メフィストに出会ったせいで、道を踏み外してしまった。もし助けることができていたら、今の私とエライザさんみたいに、穏やかな気持ちで会話をすることができていたのかしら。

きっとそうだったと、思いたい。

「アンリも、ありがとう。でも、私は悪いことをした。悪いことをしたのを認めたくなくて、アストリアのお城の牢屋から、お父様と一緒に逃げたの。アンリが助けに来てくれて、そこに、メフィストが現れて。手を貸してくれると言ったから、それを受け入れたの」

「メフィストのこと、怖くなかったのですか？」

「すごく、綺麗な人だと思ったのよ。私を助けて、私の思い通りの世界を作ってくれる、神様のようなものだと思ったの」

「私は、よくないものだとは気づいていました。けれど、エライザ様に意見をすることなど、私にはできませんでした」

アンリ君はそう言って、後悔するように俯いた。

「アンリ、ごめんなさい。私を心配してくれていたのに、私はあなたの言葉をなに一つ聞こうとしなかった」

「いいえ、私も無力でした。エライザ様を守ると誓いながら、なに一つできませんでした」

「いいのよ。こうして、一緒にいてくれるだけで」

エライザさんとアンリ君が見つめ合っている。

私はジャハラさんに何度か言われた「もしかして邪魔ですか？」とか「どうぞ存分に愛を育んでいただいて大丈夫です、待っていますので」という言葉を思い出していた。

こんな気持ちだったのかしら、ジャハラさん。

なんとも甘酸っぱくむず痒く、それでいてずっと眺めていられるぐらいの微笑ましさがあるわね。

私はジュリアスさんの口から両手を離した。

私に口を塞がれるままになっていたジュリアスさんと目が合う。ものすごく睨まれているわね。後が怖い。

「あの、それじゃあ私たちはそろそろ……」

あとはお若い二人でどうぞごゆっくりという気持ちで、私はジュリアスさんと退出しようとした。

慌てたようにアンリ君はエライザさんから離れると「待ってください」と言った。

「すみません、一方的な謝罪は、受け入れ難いとは理解していました。エライザ様は体が回復したら、クロエ様にお詫びをしたいと言っていて」

「お詫びですか。もう謝ってもらったから、大丈夫ですよ」

私は首を傾げる。

そういえばコールドマン商会はかなりのお金持ちなのよね。

まさか、お金？

それとも宝石を？

まぁ、せっかくお詫びをしてくれるというのなら、断るのは申し訳ないわよね。今回、錬金爆弾もいっぱい使ったし、リュメネちゃんも新しい家族になって家族が増えるのだから、お金はいくらあっても困らないし。

「もちろん、罪は償うつもりでいるわ。アストリアに帰ったら、警備隊のところに向かうつもりでいるの。でも、私はクロエにお詫びがしたい。クロエがやれと言ったことならなんでもやるし、欲しいものなら、なんでもあげる。お父様は……もしかしたら、元のように元気にはならないかもしれないけれど、お父様の分も、私が」

「……エライザさん」

私は少し考えた。

エライザさんの気持ちは嬉しいけれど、一瞬お金と宝石に目がくらみそうになったけれど、やっぱり違うわね。

だってそれは、エライザさんのお金じゃなくて、コールドマン商会のお金だ。

コールドマン商会がたちゆかなくなってしまったら、路頭に迷う人たちも多いだろうと思う。

「エライザさんのこと、アストリアに帰ったらシリル様と相談します。……そうですね、欲しいものはないですけど、頼みたいことなら一つ思いついたかもしれません」

そういえば、クロエ錬金術店は移転してしまったから、大通り商店街にある元のお店に、私の商品を売ってくれる店員さんが欲しいと思っていたのよね。

そうすれば、私も錬金術で商品を作るほうにもっと集中できるし。

特殊な依頼の場合は、私のもとまで直接足を運んでくれると思うから、錬金ランプとか、温泉石とか、ちょっとしたものを売ってくれる店員さんがいればいいなぁと考えていた。

ナタリアさんも帰ってきてくれるって言っていたし。

ナタリアさんが戻ってきた場合のお店の惨状が心配すぎて、おちおち新しい家でゆっくりすることもできないし。

エライザさんとアンリ君に働いてもらえたら、二人とも可愛らしいからきっとお店は繁盛するし、ついでにナタリアさんの面倒も見てもらえるし、一石二鳥というものではないかしら。

なんせナタリアさんの面倒を見るのが一番大変なのよ。

拾われたばかりの頃の家の中の汚れっぷりを思うと、今でもゾッとするぐらいなのだから。

「頼みたいこと？」

エライザさんに尋ねられて、私は言葉を濁した。

まだ決定事項じゃないから、黙っていたほうがいいわよね。もしかしたらアストリアの法にのっとって、罪を償うことになるかもしれないし。

「アストリアに戻ってシリル様と相談したら、伝えますね。多分ご了承くださって、国王陛下のジーク様にかけあってくれると思います。シリル様なら」

「……シリル・アストリアを頼るのか？」

「使えるものはなんでも使う。それが元国王様であってもです。商売の基本ですよ、ジュリアスさん」

ジュリアスさんの機嫌が更に悪くなるのを感じながら、私はへらりと笑った。

「あ、あの……私も、言われたことはなんでもします。だから私を、ジュリアス様の弟子にして欲しいのですが……！」

部屋から出ていこうとする私たちの背中に向かって、アンリ君が声を張った。

弟子。

弟子？

アンリ君の声は真剣そのものだった。ジュリアスさんが弟子をとったところを想像した私は、あまりにも似合わなくて少し笑いそうになってしまい、唇を噛んだ。

アンリ君は真面目なので、笑ってはいけない。

「嫌だ」

まぁ、そうよね。

案の定一言だけ言って、ジュリアスさんはさっさと部屋から出ていってしまった。

「ごめんなさい。ジュリアスさん、別に怒っているわけじゃないと思うんですけど」

一言謝ってからジュリアスさんを追いかけようとした私を、エライザさんがあまり力の入っていない指先で、軽く手招きした。

なにかしらと近づくと、エライザさんは囁くような小さな声で言った。

「……見栄えのよさに騙されていたのよ。ジュリアスは怖いのね。男運がないって、私よりもクロエのことだと思うわ」

「ジュリアスさんはあれでいて、結構優しいところもあるんですよ」

エライザさんは「クロエにだけね」と言って、微笑んだ。

私はエライザさんの手を軽く握った後「ゆっくり休んで。また会いましょう」とお別れをした。

頭の中では、エライザさんに似合いそうな錬金術店の制服について考えていた。

うん。——きっと可愛い。

◆嫉妬深い男の嫉妬を甘く見てはいけないらしい

エライザさんの寝室から出て、私はジュリアスさんの背中を追いかけた。

数日間ベッドにいたせいか、小走りするだけで少し息が切れた。

ジュリアスさんは誰もいない、しんと静まり返った長い廊下の途中で足を止めて私を待っていてくれた。

「ジュリアスさん、いいじゃないですか弟子入り。でも、ジュリアスさんに弟子入りして、なにを教えてもらうんでしょう？　アンリ君も竜騎士になるんでしょうか」

ジュリアスさんのもとにぱたぱたと小走りでたどり着いて、私はその隣に並んだ。

背の高いジュリアスさんを見上げながら話しかけると、ジュリアスさんは私の手をおもむろに握って、腰に手を回した。

私はいつものエプロンドレスではなくて白い病衣を着ている。病衣の上からさらりとした肌触りの、中央を紐で結ぶ作りの、袖と丈の長い薄手の上着を羽織っている。

プエルタ研究院の中は魔法で温度管理をしているのか、少しあたたかい。だから、病衣も上着も生地が薄い。

触れられた手の大きさや硬い皮膚の感触が、薄い生地を通して伝わってきて、私はびくりと震えた。

抱き寄せられた後、ぐるりと景色が反転する。

私の背中には壁があり、私はジュリアスさんと壁に挟まれて、身動きが取れない。

私よりもずっと大きいジュリアスさんにすっぽり包まれると、黒いローブのざっくり開いた襟元、しっかりとした鎖骨の浮き出た首元と、すらりとしているけれど太い首筋が視界に広がった。

「ど、どうしました？　まさか、急に魔物が現れた、とかそういう」

ジュリアスさんが強引に私を抱きしめたり引き寄せたりするときは、大抵なにか危険があるときだ。

私はややうろたえながらも、周囲の気配を探る。

こういうとき、一瞬素直にどきどきしたりときめいたりした後に、それどころじゃなくなるのが常なので、私も結構学んでいる。

「違う」

「プエルタ研究院に魔物が……よくないですね、療養所には治療中の人たちがまだいるのに」

「だから、違うと言っている」

「ち、違うんですか……？」

じゃ、じゃあなんなのかしら。

ジュリアスさんは私の片手を握りしめながら、更に腰を強く引き寄せた。

ジュリアスさんの長い指が、私の指の間に絡まっている。

ジュリアスさんは私よりも少し体温が低くて、触れると冷たい。けれど、ぴったりと手が合わさっているからか、今は私の体温と同じぐらいにあたたかい。

体温の違いがなくなると、触れ合った皮膚の境界が曖昧になる。

わずかに力を込められると、ざらりとした皮膚が擦れる。ジュリアスさんの呼吸の音が、胸郭が規則正しく上下するのが、曖昧になった体の境界から伝わってくる。

壁に押しつけられるようにぎゅっと抱きしめられると、衣擦れの音がやけにうるさく聞こえた。

ジュリアスさんの体からは、陽光をいっぱい浴びた砂地の乾いた香りがする。

もしかしたら部屋を空けていた間、ヘリオス君に乗って砂漠の空を駆けてきたのかもしれない。

「どうしました？　なにかありましたか？」

私はジュリアスさんの黒いローブを摑みながら、小さな声で尋ねる。

すっぽりと抱き込まれてしまっているせいで、ジュリアスさんの顔を見ることができない。

「……お前は、他者に甘い。……シリルやエライザがお前になにをしたのか、理解しているのか？　どこまで許すつもりだ。あまりにも、危うい。見ていられない」

腰を引き寄せていた手のひらが、背中に回る。

ジュリアスさんが私の首に、額を押しつけるようにした。

艶やかな金の髪が頰や首に触れるのがくすぐったい。

重なった皮膚を直接通して聞こえるやや甘さのある中低音の声が、鼓膜を震わせる。

心臓がうるさいぐらいに高鳴っている。私の心音も、ジュリアスさんに伝わっているわね、きっと。

顔が熱い。顔だけじゃなくて、体が全部熱い。

心配してくれるのは嬉しい。こうして、抱きしめてくれるのも、嬉しい。

男の人は今もそんなに得意じゃないけれど——やっぱり、ジュリアスさんだけは大丈夫。

恥ずかしいけれど、少しも嫌じゃない。

「ずっと怒ってるの、苦手なんです」

「あぁ、知っている。だが、お前は甘すぎる。お前がシリルの名を呼ぶだけで、不愉快だ」

「ジュリアスさんはシリル様が嫌いですよね」

「……あれは、お前の婚約者だったからな」

「婚約者でしたけど、ずっと前の話ですよ。シリル様は、今はお店のお客さんです」

「あれに義手を作ることも、気に入らないと思っていた」

「そうなんです？　いい値段で売れたから、ジュリアスさんも喜んでくれたと思っていましたけど」

確かにシリル様に義手を作っているとき、ジュリアスさんは不機嫌そうだったけれど。

ジュリアスさんは大抵不機嫌そうなので、いつものことだと思っていた。

エライザさんのことで怒っているのかと思ったのに、シリル様の話になった。そんなにシリル様が嫌いなのかしら。好きじゃないことは知っていたけれど。

「クロエ」

「……ジュリアスさん？」

密やかに名前を呼ばれたので、私も名前を呼び返す。

なにか大切な話をされるのか、それとも私の『お人好し』という評価についての説教なのかと思い、腕の中でわずかに身構える。

首筋に、ぴりっとした痛みが走った。

「いた……っ」

何事なのかと目を白黒させる私を、首筋から顔を離したジュリアスさんが、見下ろした。

口元にわずかに笑みが浮かんでいる。

一瞬頭が真っ白になる。

――もしかして、噛まれた？

「な、なに、なにするんですか……痛いじゃないですか」

「少し、静かにしていろ」

どうして噛まれなければいけないのかしら。

結構痛かったし、それはもう、恥ずかしい。

首から上が真っ赤に染まっているのが、鏡を見なくてもわかる。

恥ずかしさのあまり目尻に涙が滲む。

どうしていいかわからなくて、とりあえず文句を言った私に、ジュリアスさんが覆い被さる。

金の髪が落ちて、カーテンのように私の顔を隠す。

「ジュリアスさ……っ」

噛みつくように、唇が触れた。

呼吸を奪うように、それはすぐに深くなる。私を抱きしめる腕の力が強くて、わずかに体が軋むようにして、痛む。何度か口付けはしたことがあるけれど、いつもよりも強引に、少しだけ乱暴に、互いの境界が曖昧になるほどに唇が深く重なって、まるで溶け合って、混じり合うみたいに。

私は切なく眉根を寄せる。

ここは、廊下で、誰かに見られるかもしれなくて。

ああでも、体に力が入らない。

ジュリアスさんの服を掴んでいた指から力が抜ける。

そういえば、レイラさんが――ジュリアスさんも嫉妬深そうだって、言っていたわよね。

もしかして、エライザさんの件でシリル様を頼ろうとしていることについて、ジュリアスさんは怒っているのかしら。

つまり、嫉妬。

まさか。まさかね。ジュリアスさんが、嫉妬なんて。

ジュリアスさんが不機嫌になった一番の理由に気づいた途端に、体がさらに熱くなった。

触れ合っていた唇が離れて、多分酷い顔をしている私を、ジュリアスさんがじっと見つめる。

どうしようもなく恥ずかしくて、私は俯いた。

「ヘリオスがお前を待っているが、今は無理だな。その顔は、他の人間には見せられない」

「……ジュリアスさんのせいじゃないですか」

「少しは慣れろ、クロエ」

「……無理言わないでくださいよ」

抱きしめられるだけで、結構いっぱいいっぱいなのだから。

ジュリアスさんが悪い。

普段甘い雰囲気をほとんど出さないのに、突然別人みたいになるのが悪い。

私が落ち着くまで、ジュリアスさんは廊下の壁に寄りかかりながら待っていてくれた。

偶然廊下を通りかかったレイラさんが、鉄扇で口元を隠しながら、「あらあら、うふふ」とか言いながら、特に話しかけることもなく私たちの前を通り過ぎていったのが、とてもいたたまれなかった。

◆リュメネちゃんの嫁入り

数日動かないだけで、体力というのは結構落ちるものだ。

プエルタ研究院の長い回廊を歩くだけでも、なんとなく体が重たいような気がした。

私とジュリアスさんは、ヘリオス君のもとへと向かっていた。

ちなみに――廊下でジュリアスさんが私に無体を働いたせいで、私はしばらく動けなかった。回復するまで待っていてくれたけれど、私があんまり落ち着かないものだから、ジュリアスさんは私を抱き上げて一度部屋に戻っている。

人心地ついて今、である。本当はヘリオス君にすぐに会いに行きたかったのに、ジュリアスさんが全部悪い。

エライザさんのお見舞いに行って、ジュリアスさんは私が元気になったとやっと納得してくれたらしい。白い病衣はもう着る必要はなくて、今は三角巾こそつけていないけれど、いつものエプロンドレスに戻っている。

やっぱりエプロンドレスが一番落ち着く。自宅のような安心感。

アストリアの自宅は、大丈夫かしら。瞳ちゃんは寂しがっていないかしら。瞳ちゃんには寂しいという感情はないのはわかっているのだけれど、なんとなく気になる。

「ロキシーさんのご飯が恋しいですね、ジュリアスさん」

ようやく私に外出許可を出してくれたジュリアスさんに、私は話しかけた。

外出許可といっても、ジュリアスさんと一緒にという条件付きなのだけれど、それだけ心配してくれているというのはありがたい。

プエルタ研究院は、ジャハラさんが「迷子になる」と言っていた通りにやたらと広くて、療養所からヘリオス君のいる植物園のような大広間に行くだけでもかなり遠い。

私に合わせて、ジュリアスさんはゆっくり隣を歩いてくれている。

いつもは私よりも歩幅が大きくて歩くのが速かったジュリアスさんなのに、私が魔力枯渇を起こして倒れてからというもの、ヘリオス君に対するものと同じぐらいの優しさを、私にも向けてくれている気がする。

私の耳を引っ張るジュリアスさんに慣れているせいで、優しいジュリアスさんにはどうにも慣れないけれど、嬉しい。

今だけかもしれないので、じっくり味わっておこう。

そのうち、私がすっかり元気だともっと深く納得してくれたら、元に戻るかもしれないし。

「アストリアに帰ったら、ロキシーさんに会いに行きましょうね。おみやげ買って帰らなきゃですよ。ラシードは何が名物なのかなぁ。ラシードの家庭料理の本とか喜んでくれるでしょうか。でも、アストリアには砂トカゲのお肉は売ってないから、役に立たないかもしれませんね」

いつもと同じように、白壁の長い回廊を歩きながら私は口を開いた。

どうにも、息が切れるわね。

歩きながら話すだけで息が切れるとか、ちょっと情けない。

「……無理をして話すほどの内容か？」

私の隣を歩きながら、ジュリアスさんが呆れたように言った。

歩調を合わせてくれる優しさはあるけれど、その言葉はいつものジュリアスさんだったので、私はなんとなくほっとした。

いつまでも心配されているというのは、落ち着かないもの。

だって私は最強美少女錬金術師なのだし、私だってジュリアスさんを守ることができる。できるというか——そうでありたいと思っている。

「だって、ジュリアスさん。しばらくまともに話もできなかったんですよ？　ジュリアスさんはあんまり自分から話をしないから、私が声を出せなくなっちゃうと、そこにあるのは沈黙だけじゃないですか」

「沈黙は嫌いか」

「そういうわけじゃないですけど」

私は一度口を閉じて、考えた。

静かな空間や、沈黙が嫌いというわけじゃない。

ジュリアスさんと一緒に暮らすようになった最初の頃、私はジュリアスさんがあまりにも喋らないので、積極的に話しかけていたように思う。

良好な関係を築くためだったのかもしれないし、それとも、外側は稀代の美少女錬金術師などと言って取り繕っていたけれど、内面の弱さに気づかれて、ジュリアスさんに侮られないようにと思っていたからかもしれない。

今は、違う。私はジュリアスさんが好き。好きだし、多分それ以上にジュリアスさんを信頼している。

　二人でいる空間にも、続く沈黙にも、息苦しさを感じることはない。

　時々、ときめいたり、恥ずかしかったりして、苦しくなることはあるけれど。それはまた別の話だ。

　だとしたら私はどうして、ジュリアスさんとたくさん話したいと思うのかしら。

　それは――多分。

「うん。……そうですね、多分、もったいないからなんじゃないかって思います」

「もったいない」

「だって私、ずっと話す相手がいなかったんですよ。私の記憶にある限りでは、私が安心して思ったことを全部口にできるのって、お母様だけだったんです。お母様が亡くなってから、誰もいませんでした」

　私の脳裏に、お母様の顔と、それから、ナタリアさんの顔が浮かんだ。

　ナタリアさんのことは尊敬しているし信頼していたけれど、すぐにいなくなってしまったし、親しく話すことができる相手というのとは、ちょっと違う。

　ロキシーさんのことも好きだけれど、なんでも思ったことを話せるというわけじゃない。

「ジュリアスさんは、なんでも聞いてくれるから、話をしたいって思っちゃうんですよね、多分。呆れられることのほうが多いですし、うるさいってよく言われますけど、時々返事をしてくれるし、相手をしてくれますし」

　なにより、ちゃんといてくれる。私の側に。

　それだけで、私はどんなときでも大丈夫だと思える。

「……息が切れている」

「体力回復のためには、適度な運動も必要です。あと数日もすれば、完全復活ですよ」

「そうだな。お前の声は、いくら聞いていても飽きない。……お前がそうして騒いでいると、ここは戦場ではないのだと、思い出すことができる」

ジュリアスさんは私の手を指で絡めるようにして取った。

祈るように手の甲に口付けられると、ボンっと音が鳴るぐらいに、一気に顔に熱が集まるのがわかる。

触れ合う回数も、増えた気がする。

ジュリアスさんは私をじっと見ながら、手の甲に唇を当てたまま囁いた。

「適度な運動。会話以外にも、方法があるが」

「ヘリオス君が待ってますよ、行きましょう！」

私は焦りながら話題を変えた。

意味はよくわからないけれど、意味深すぎて怖い。

ジュリアスさんは私をからかっていたのだろう。喉の奥で笑いながら「俺はお前の作った飯(めし)が食いたい」と言った。

さっきの会話の続きらしかった。

竜騎士団の方々が聖王宮に帰還したからだろう、広大な植物園のような大広間にいる飛竜の数はかなり減っていた。

まだ療養所で療養中の兵士の方々も少なくないので、減っているけれど全ていなくなったわけではなくて、茶色い子や緑色の子などの姿を見ることができる。

アレス君とオルフェウスさんは不在だった。アレス君はファイサル様を、オルフェウスさんはルトさんを乗せて聖王宮に向かったのだろう。

「ヘリオス君！」

私とジュリアスさんが大広間に到着するとすぐに、ヘリオス君が私たちに気づいて頭をもたげると、一度大きく羽ばたいて私たちのもとへと来てくれた。

ぱちぱちと瞬きをしながら、大きな瞳で私を見つめる。顔を近くに寄せて、頭のてっぺんからつま先までじっと確認するように見た後、ヘリオス君は私の顔に尖った鼻先をすりつけた。

私はつるりとして冷たいヘリオス君の口元を、よしよしと撫でる。

ヘリオス君の喉の奥で、シュルシュルという吐息のような音が聞こえた。初めて聞く音だ。

目を閉じて私にぴったり顔をくっつけるヘリオス君を、私は両手でぎゅっと抱きしめる。

ヘリオス君は大きいので、しがみついているようになってしまった。

ぎゅうぎゅうと鼻先にしがみつく私の両手の下から「キュウ」という甘えたような声が聞こえる。

ヘリオス君は、メフィストやサマエルと戦っているとき、ずっと私を守ろうとしてくれた。

私はヘリオス君から体を離すと、私を覗き込む大きな金の瞳を見つめる。

「ヘリオス君、一緒に戦ってくれて、私を守ってくれて、ありがとうございました」

私がお礼を言うと、ヘリオス君はぱちりと瞬きをした後に「キュイ」と、どこか得意気に鳴いて、軽く首を上げた。

当たり前だと、言いたそうな仕草だった。

「お前を、ずっと心配していた。俺からお前の匂いがしたんだろうな、どうして俺はお前に会うことができるのに、自分には会わせないのかと怒っていた」

ジュリアスさんはヘリオス君の首に軽く手を置いた。

ヘリオス君はジュリアスさんを見下ろして、「グル」と喉の奥で鳴いた。確かにちょっと不機嫌そうな声音だったし、金色の瞳を細めるのも、どことなく反抗期の息子のようだ。

「そう拗ねるな。もう大丈夫だ」

「ヘリオス君、心配してくれていたんですね。ありがとうございます。私はこの通り元気ですよ！アストリアの家に帰ったら、また体を洗いましょうね。ラシードは砂塵が多いですから、体がじゃりじゃりして気持ち悪いですよね」

私の言葉に、ヘリオス君の瞳がぱっと輝いた。

ラシードに来る前に、新居の広い庭でヘリオス君を洗ったんだったわね。なんだかもう、ずっと昔のことのように感じる。

「新居も、可愛く整えたいですよね。ラシードの家具とか、織物。錬金ランプも、可愛いものが多いので、いくつか買っていきましょうか。たまには散財しましょう」

「お前は金を使うのが嫌いなのかと思っていたが、珍しい」

「だって、頑張りましたし、私たち。たまには自分にご褒美をあげないと。そういえば私、ずっと気になっていたんですけど」

嬉しそうに私を鼻先でつつくヘリオス君の額をぽんぽん撫でながら、私はジュリアスさんを見上げる。

「ジュリアスさんのお給料についてです」

「……給料？」

「ジュリアスさん、ものすごく働いてくれてるのに、私はなにもジュリアスさんにお返ししていないなと思いまして。アストリアを守ってくれたのに、その後引っ越しをしたりで忙しくて、その上すぐにラシードに来ちゃったので、あんまり話ができませんでしたよね」

私は元々ジュリアスさんをお金で買った。

けれど今は、そのことについては、やや苦い思いがある。あのときの私はなにも考えていなかった。ただ、ものすごく強いジュリアスさんがお金で買えるというから、それなら——と思っていただけだ。

私の行動は、傲慢だった。後悔はしていないけれど、あまりにも世間知らずだったように思う。

「俺はお前の奴隷だ。お前は、奴隷に金を払うのか？」

ジュリアスさんが、どうでもよさそうに言った。お金についてあんまり興味がないのだろう。

「もう、やめましょうよ、それ。首輪、外しましょう？　首の刻印も、ルトさんに除去を試してもらう予定ですし。私とジュリアスさんは——」

奴隷と言われると、どうにも、胸の奥がざわざわする。

その言葉はまるで私に全てを捧げてくれているとでもいうようで、甘くもあったけれど、でも、未だ縮まらない距離のようなものを、感じてしまう。ジュリアスさんがいつか、遠くに行ってしまうような、そんな距離だ。

ジュリアスさんは私を大切にしてくれている。大切なものは、守ろうとしてくれる。それはジュリアスさんが、強いからだ。

その大切なものに、守るべきものに——ジュリアスさん自身が含まれていないような、心許なさを感じる。

「ええと、私と、ジュリアスさんは」

なんだろう。

相棒？

それとも、恋人——というのは、なんとなく違う気がする。

「家族、です」

うん。やっぱりこの言葉が一番しっくりくる。

ジュリアスさんは私の頭をぐいぐい撫でた。痛い。

「家族だとしたら、なおさら。お前の金は俺の金でもある。だから、給料はいらない」

「じゃあ、おこづかい」

私はぐいぐい撫でられたせいで乱れた髪を押さえながら言った。

武器防具店のロバートさんはご家族のために働いてお金を稼いでいる。稼いだお金は全て奥様に渡していて、ロバートさんは月々一万ゴールドのお金をもらって、やりくりしているらしい。

いつかロバートさんが教えてくれたことがある。「なかなか厳しいんだよ、クロエちゃん。だから我が家の家計に貢献すると思って、たくさん買って欲しいなぁ。もしくは値引きしてくれると嬉しい、クロエちゃん。その久遠(くおん)の金剛石(こんごうせき)、半額で売ってくれるかな」と言っていた。

家の経済事情まで商売に使ってくるロバートさんに、私は同情しないように必死だった。ロバートさん一家に同情して毎回値引きしていては、私のほうが破産してしまう。

というか、ロバートさん、別に貧乏じゃないし。

「……こづかい」

ジュリアスさんは、口元に手を当てた。

それから、堪え切れないというように、喉の奥で声を出して笑い出した。

「今の、なにがそんなに面白かったんです？　私は真面目ですよ、ジュリアスさん。ロバートさんも奥様からおこづかいをもらっています。それなので、私も……あんまりいっぱいは駄目ですけれど、少しは、ですね」

私は笑い続けるジュリアスさんの服を引っ張った。

ジュリアスさんは奴隷じゃない。家族だ。

だとしたら、お金を全く渡さないとか、どうなのって思う。だって、ジュリアスさんは二十五歳の大人だし、なにかに使いたいとか、あるかもしれないし。

あるかもしれないというか、お金の使い道があるほうが普通だ。

「いらない。金はお前が管理していろ。俺は、今のままでいい」

ひとしきり笑ったジュリアスさんは、私の頭をもう一度ぐりぐり撫でた。

ヘリオス君がびっくりしたようにジュリアスさんの姿を見た後に、鼻先でジュリアスさんの体を嬉しそうにつついた。

ジュリアスさんが声を上げて笑っている姿、貴重よね。私はヘリオス君が喜んでいる気持ちが、とてもよくわかる気がした。

ばさりと羽ばたく音がしたと思ったら、ヘリオス君の横にリュメネちゃんがやってきた。

リュメネちゃんと会うのはこれで二度目だ。

一度目は、リュメネちゃんの育てのお父さんであるラムダさんが一緒にいたので、リュメネちゃんと直接触れ合うことはできなかった。

ラムダさんは、ファイサル様と一緒に、騎士団の方々を連れて聖王宮へと向かったので、リュメネちゃんは一人でプエルタ研究院に残されているのだろう。

他の雌の飛竜も多く残っているので、ひとまず皆、安全なこの場所で、お迎えを待っているのかもしれない。

リュメネちゃん、心細くはないのかしら。

ラムダさんとリュメネちゃんの関係が、ジュリアスさんとヘリオス君と同じだとしたら——寂しいわよね、きっと。

リュメネちゃんはヘリオス君のお嫁さんになってくれると、私は勝手に思っているのだけれど、リュメネちゃんに直接気持ちを聞いたわけではないし、それは思い込みなのかもしれない。

ただ、たまたまちょっと仲良くなっただけ、という可能性もあるし。

リュメネちゃんは、一緒に我が家に来てくれるのかしら。我が家に来てくれるとしたら、私とも仲良くしてくれるのかしら。

「……ヘリオス君、そちらの方は、リュメネちゃんですよね？」

私はなんだかものすごく緊張しながら、ヘリオス君に尋ねた。

これは、息子をお見合いに向かわせる母親の気持ちなのだろうか。

ヘリオス君の恋人とお話するだけでこれほど緊張してしまうのだから、実の息子ができたとして恋人を連れて来た場合、私はどうなってしまうのかしら。

それはもう、緊張しながら、挨拶などをするのかしら。

私の頭の中に、勝手にジュリアスさんを小さくしたような姿をした少年が思い浮かんで、慌てて頭を振った。なにを考えているのかしらね、私は。

「なにをそんなに畏まっているんだ」

「いや、だって、はじめましての女の子なので、ヘリオス君のお母さんである私としては、いい印象を与えたいじゃないですか」

「既に酷く不自然だが」

「どこがですか、しっかり者で優しくてお嫁さんにも優しく接するお母さんである私を、今、リュメネちゃんにアピールしているところです」

さっきまで笑っていたくせに、今日もジュリアスさんが辛辣だ。

安心感があるわね。私のエプロンドレスと一緒で、辛辣なジュリアスさんも、自宅のような安心感がある。

リュメネちゃんは不思議そうに大きな瞳をぱちぱちさせて、私たちを見ていた。

なめらかな鱗に覆われた体はヘリオス君より一回り小さくて、翼も尻尾もやや短い。

体型がやや丸く小さめなせいか、顔が大きく見えるのが、幼さを感じられて可愛らしい。

飛竜の女の子は全体的に同じような見た目をしているので、リュメネちゃんだけが特別小さくて丸みを帯びているというわけではないのだけれど、特別可愛らしく感じてしまう。

これも、親の欲目というやつなのかしら。私はリュメネちゃんのお母さんじゃないけれど。

リュメネちゃんは目を細めると、「クルクル」と鳴きながら、私たちのほうへと頭を差し出した。

挨拶をしてくれているように見える。

ヘリオス君はリュメネちゃんの隣で、すらりと首を伸ばして、「キュ」と小さく鳴いた。

「はじめまして、リュメネちゃん。こちらがヘリオス君のお父さんの、ジュリアスさんと、私はクロエです」

リュメネちゃんが触ってもいいとでもいうように、私の胸に鼻先を軽く押しつけた。

私はリュメネちゃんの額を撫でる。

触り心地は、ヘリオス君と同じ。なめらかで、冷たくて、少ししっとりと湿っている。

ラムダさんにはやや攻撃的だった（というか、じゃれ方がやや激しめだった）リュメネちゃんだけれど、今はおしとやかなお嬢さんという感じがする。

撫でていると、気持ちよさそうに目を伏せて「クルクル」ともう一度鳴くのがとても愛らしい。

うん。可愛い。すごく可愛い。

女の子、可愛い。息子は可愛いものだけれど、娘もとっても可愛い。

口元が勝手ににやにやしてしまう。だって可愛いのよ。人は可愛いものに触れていると、表情が勝手にだらしなくなってしまうものなのよ。

「リュメネか。美しい飛竜だな」

ジュリアスさんがリュメネちゃんを褒めた。

ヘリオス君が選んだのだから、リュメネちゃんが美人さんなのは当然、とでも言いたげな、満足気な言い方だった。

「リュメネちゃんは、ヘリオス君のお嫁さんになってくれるんですか？　私たちと一緒に、アストリア王国に行くことになります。ラシードから離れると、ラムダさんと離れることになるので、寂しいかもしれませんけれど……」

ラムダさん、と、私が口にしたら、リュメネちゃんは伏せていた目を開くと、「キュ！」と、どことなく文句を言っているような鳴き方で一度鳴いた。

別に大丈夫、と言われている気がする。

ヘリオス君もそうだけれど、リュメネちゃんも完璧に私たちの言葉を理解しているみたいだ。

飛竜は賢い。人に育てられた飛竜は、人語を理解するものなのかもしれない。

私たち人間には、飛竜の言葉がわからないのに。飛竜のほうがよほど私たちよりも賢いし、強いのだろうと思う。

ラムダさんは、飛竜を『神の御使（みつか）い』と言っていた。

――そういえばサマエルも、同じようなことを言っていた気がする。

確か、飛竜を嫌悪するような言葉を言っていた。だとしたら――本当に、ヘリオス君たちは神の御使いなのかもしれない。

「……問題ないようだな」

ジュリアスさんがリュメネちゃんの態度を見て、苦笑しながら言った。

もしジュリアスさんがヘリオス君に同じような態度を取られたら、ショックを受けるのかしら。へリオス君に限っては、そんなことは絶対にないと思うのだけれど。

リュメネちゃんは、私から離れると、ヘリオス君の首に自分の頭を擦りつけた。ヘリオス君はリュメネちゃんの額に自分の額を擦り合わせる。

ものすごく、仲良し。そして、微笑ましい光景だった。

「よかった。ヘリオス君、おめでとうございます。可愛いお嫁さんですね、私も家族が増えて嬉しいです！」

私は二人を祝福するために、両手をぱちぱちと叩いた。

ヘリオス君は「キュウ」と返事をした。

それから、リュメネちゃんの首を軽く、かぷりと甘噛みした。

どこかで見たことのある――というか、体験したことのある光景である。

「っ……！」

私は首筋を押さえた。

私の目の前で、リュメネちゃんが、ヘリオス君の首を、甘えるように噛み返している。

微笑ましくも可愛らしい光景なのだけれど、私はそれどころじゃなかった。

「……飛竜の愛情表現だな。互いの首を、噛む。そうすると、番となる。本で読んだが、実際に見たのは初めてだ」

私の隣で、ジュリアスさんが腕を組みながら、なんでもないように言った。

それから、首を押さえて、顔を赤くしてうろたえている私を見下ろして、自分の首を指さす。

指さした後、首に嵌められている黒い紐を、指先で軽く引っ張った。

骨の浮き出たすらりとした、けれどしっかりした首が露になる。

「クロエ」

なにか言いたげに名前を呼ばれた。

「私は飛竜じゃないので……！　その、ええと、あの……！」

「お前は飛竜じゃない。そんなことは知っている」

「だからですね、ええと……！」

ジュリアスさんの首を、噛めと言われているのかしら。

無理です。絶対に無理。そんなこと、恥ずかしすぎてできるわけない。

いきなり、難易度が高すぎるのではないかしら。いい加減に慣れろと、ジュリアスさんには何度か言われたけれど、――どうやって慣れろというの。無理よね。無理。

「その、手、とかで、許してください……」

「手？」

「手を繋ぐ、とか」

私は両手で顔を覆って、ようやくそれだけ、小さな声で言った。

なにも返事が返ってこなかったので、両手から顔を上げて恐る恐るジュリアスさんを見上げると、ジュリアスさんは私を見下ろしながら、口元に人の悪い笑みを浮かべていた。

偶然大広間の天井に浮かぶ偽物の空をくぐり抜けて、魔法の箒に跨って帰ってきたナタリアさんが、私たちの横を「あらあら、まあまあ」と、先ほどのレイラさんみたいなことを言いながら通り過ぎていった。

恥ずかしくて死にそう。

平然としているジュリアスさんが恨めしいけれど、やっぱり――好きなのよね。困ったことに。

◆祝賀会のお誘いとダブルデート

ファイサル様とラムダさんが聖王宮からやってきたのは、私がすっかり元気になってからすぐのことだった。

ファイサル様たちがいらっしゃったと、レイラさんが呼びに来てくれたので、私とジュリアスさんはレイラさんとともに、プエルタ研究院の大広間に向かった。

久々に見るファイサル様は、どこか吹っ切れたように、威厳と精悍さが増しているように見えた。

駆け寄るレイラさんを力強く抱きしめるファイサル様の姿から、私は慌てて視線を逸らした。とても仲睦まじい様子なので、しばらくそっとしておいたほうがいいかもしれない。

そうは思えど、つい、知的好奇心からちらちら見てしまい、あまりにも距離が近いので私のほうが照れる羽目になってしまった。

ナタリアさんやレイラさんが、通りすがりに「あらあら、まあまあ」と言っていたことを思い出す。今なら二人の気持ちがよくわかる。

ラムダさんは久々に会うリュメネちゃんに両手を広げて抱擁をしようとして、リュメネちゃんに思い切り頭でつつかれていた。「お父さんやめて！」という文句が聞こえるようだったし、ラムダさんは「よしよし、今日も元気だな！」と、しっかりした体幹でリュメネちゃんの突撃を受け止めていたので、これはこれで二人のコミュニケーションなのかもしれない。

「すっかりヘリオス君と仲良しになったようだな、リュメネ！　お父さんは嬉しいぞ！」

ラムダさんの抱擁から逃れて、リュメネちゃんはヘリオス君の後ろに隠れた。

ヘリオス君はリュメネちゃんとラムダさんを交互に見た後に、すっと首を伸ばし、翼を大きく広げた。どうやらリュメネちゃんを、ラムダさんから隠しているみたいだ。

あまりに可愛らしい仕草に、私は心臓のあたりを両手で押さえた。

ヘリオス君が、女の子を守っている。なんて勇敢で勇ましいのかしら。ヘリオス君、格好いい……！

「ジュリアス殿、クロエさん、子供が生まれたら絶対に見せてくれ。連絡をくれ。すぐに駆けつける」

ラムダさんは私たちのほうをくるっと振り返ると、きりりとした表情で言った。

「以前も聞いた」

ジュリアスさんが素っ気ない。

素っ気ないけれど、きちんと返事をしているあたり、ラムダさんのことはそんなに嫌いでもないのだろう。

「何度でも言わせてくれ！　私にリュメネの子供を見せてくれ……！　この子は昔から気難しくてな。愛らしいリュメネに雄の飛竜がどれほど求婚しても、歯牙にもかけなかった。そのリュメネが一目惚れしたんだ。これは奇跡だぞ、ジュリアス殿！」

「リュメネちゃんも男性から人気があったんですね……」

私は感心して呟いた。

飛竜の皆さんの恋愛事情はよくわからないけれど、そういえばヘリオス君も女の子たちから大人気だった。

今、他の飛竜の女の子の皆さんは、遠巻きにヘリオス君とリュメネちゃんを眺めている。

眺めている子たちもいれば、もう気持ちを切り替えたのか、ファイサル様が騎乗してきたアレス君の周りに近づいていく女の子の姿もちらほらある。

アレス君はあまり興味がなさそうに、目を閉じたまま翼をたたんで休んでいる。

「ラムダさん、安心してください。ちゃんと、卵が産まれたら連絡しますね」

「クロエさん、任せたぞ。絶対に、絶対だ」

「はい、お任せください！」

私は胸を張って答えた。

ラムダさんからリュメネちゃんをお嫁さんにいただく以上、親戚付き合いはきちんとしていかないと。

「クロエさんたちがアストリアに戻るとき、ヘリオス君に、リュメネも一緒についていくだろう。ファイサル様から此度の君たちの働きに対する恩賞についての話が終わったら、君たちはアストリアに帰るのだろう？」

「はい。そのつもりでいますけれど」

ラムダさんは今、恩賞、と言ったわね。

そんな気はしていたのだけれど、ついつい表情が緩んでしまう。

ジャハラさんから、熾天使様やお父様の話を聞くことができたし、ルトさんにジュリアスさんの刻印除去を頼むことができるし、リュメネちゃんもお嫁さんにもらった。

もう十分といえば十分なのだけれど、せっかくだし。もらえるものは、ありがたくもらっておこうと思うの。ただより高いものはないとはいうけれど、ファイサル様がどうしてもと言うのなら、仕方ないと思うのよ。

お金は大切。だって急にジュリアスさんが、また飛竜が欲しいとか言うかもしれないし。家族の金庫を預かる身としては、できるだけ潤沢な資金を貯めておきたいわよね。

「そうか。それでは、私はしばらくリュメネとの別れを惜しむとしよう。リュメネ、嫁入りの支度だ！　体を洗ってやろう！」

「キュウ！」

リュメネちゃんが初めて嬉しそうに返事をした。

体を洗われるのは好きなのかもしれない。やっぱり女の子だし、お風呂が好きなのね、きっと。

ヘリオス君やリュメネちゃんは水浴びが好きだとしたら、二人が入れるぐらいの大きさのお風呂があったら喜ぶのではないかしら。

途方もない大きさだけれど、やってできないことはない気がする。

「飛竜温泉……飛竜の湯……一泊、五万ゴールド……」

「なにをぶつぶつ言っているんだ、お前は」

「ジュリアスさん、温泉宿の主になりますか？　経営、しましょうか」

「話が見えない」

「大きなお風呂があるといいなと思いまして。竜騎士の方向けです。なんと、飛竜の皆さんが、温泉に入れます。ついでに宿泊できます」

「作るのか？」

「作ろうと思えばなんでも作れちゃうのが、錬金術のすごいところです」

「そうか。ヘリオスを、風呂にな……」

ジュリアスさんは口元に手を当てて、なにやら考えるように目を伏せた。

なんだか、結構本気にしているような気がする。ちょっとした思いつきのつもりだったんだけれど、今度はまさか、温泉を掘れと言われるのかしら。

いいえ、掘る必要はないわね。

錬金物の循環温泉石があれば、なんとかなる。

あとは、巨大な温泉を作っても怒られない土地があればいいのだけれど。

そんなことを話していると、いつの間にか感動の再会と抱擁が終わったのか、レイラさんとファイサル様が私たちの側に来ていた。

「二人とも、久しいな。あれからさほど日数は経っていないのだが、とても懐かしく感じる。レイラから、クロエの体はだいぶ回復したと聞いてはいたが、怪我の具合はどうだろうか」

ファイサル様に尋ねられたので、私はお辞儀をした後に答えた。

「おかげ様で、すっかり元気です！」

「……ファイサル、探究所の件はどうなった」

ジュリアスさんは挨拶もせずに、私の隣で腕を組むと、静かな声で言った。

「探究所は閉じた。飛竜改良……いや、改造だな。改造施設も全て壊して、今は砂の下だ。もう飛竜を、道具のようには扱わない。約束する」

「フォレース探究所のことですか？」

　おおよその話は理解できたけれど、確認のためにジュリアスさんを見上げると、ジュリアスさんは軽く頷いた。

「あぁ。内乱が平定されたとはいえ、飛竜の改造は長くラシードで行われていた。異界研究もな。また、同じことを繰り返すことにならないとも限らない」

　私は頷いた。

　そうなって欲しくはないけれど、大丈夫だという保証はどこにもない。

「フォレース探究所に関わっていた者たちの処遇については、ジャハラと話し合って、これからどうするかを決めていくつもりだ。ただ異界研究に携わっていただけという研究員も多い。そもそも、その本拠地がどこにあるのかさえ、聖王家ですら把握できていないのが現状だった」

「そうなんですね。でも、閉じたっていうのは……」

「ルトがこちらにいるからな。所在地を聞き、探究所の確認に向かったら、既に誰かが探究所の地下施設を破壊し終えていたんだ。研究員たちは皆無事だったようで、地上にある建物に集められていた。地上にある建物は飾りのようなものだからな、残っていたところで、地下が潰れてしまえば閉じられたも同然だ」

「誰かが？」

「あぁ。多分――いや、なんでもない。フォレース探究所に恨みを持っている者は多い。誰かというのが誰なのかはわからない。研究員たちを救助した後、地上の施設も破壊して、砂に埋めた。だから、もう大丈夫だと思いたい。……同じ過ち(あやま)は、俺が王である限りは、繰り返さないつもりだ」

「そうか」

ジュリアスさんは納得したように、短く言った。それ以上なにも言おうとしなかったので、今の話はジュリアスさんの中では終わったということだろう。

それはつまり、ファイサル様を信頼しているということだ。

私はなんだか胸の奥があたたかくなるのを感じた。

誰にも興味や関心がないように見えたジュリアスさんが、誰かを信頼しているということが、嬉しい。

ファイサル様は深々と、私たちに頭を下げた。

「二人とも、本当に感謝している。ラシードが平和を取り戻すことができたのは、二人のおかげだ」

「いえ、その、大したことは、なにも」

そんなふうにお礼を言われると、どうにも照れてしまう。

頑張ったのは確かだけれど、失ったものも多い。守り切れなかったものも、多い。

レイラさんには堂々としていてと言われたけれど、なかなか難しいものよね。

「そんなことはない。……二人がいなければ、悪魔を退けることができなかった。クロエ、ジュリアス。ありがとう」

「平和とは、そう簡単なものでもないだろう」

深々と礼をして感謝の気持ちを伝えてくれるファイサル様に、ジュリアスさんが言う。

ファイサル様は顔を上げると、苦笑した。

「あぁ。その通りだ。これから、やらなければいけないことが山ほどある。これからは俺が兄上の代わりとなり、国や家族を守っていかなければと思っている」

「シェシフ様は……」

「兄上は、無事とは言えない。だが、生きてはいる」

「そうですか。……よかったです」

シェシフ様のことは好きじゃない。

好きじゃないけれど、だからといって不幸になって欲しいとは思わない。

シェシフ様も、ミンネ様を救うために必死だったのよね、きっと。ただ、それだけのことなのに
――サマエルが異界からやってきたせいで、なにかが歪んでしまったのだろう。

ジュリアスさんが呆れたように嘆息した。

わかってます、お人好しの阿呆です。ジュリアスさんの言う通りです、という気持ちでいっぱいだ。

「真面目な話はもう終わりでいいかしら？　ファイサル様は、ジュリアスとクロエに、恩賞の話をしに来たのですよね？」

話に区切りがついたところで、今まで静かにファイサル様の隣にいたレイラさんが口を開いた。

「あぁ、そうだった。聖王宮も、多少は落ち着いてきた。二人を招待し、恩賞授与の祝賀会を開きたいと思っている。ラシードの内乱は終わったのだと、民に示すための祝いの儀式でもあるのだが」

「参加しろと？」

ジュリアスさんの眉間に皺が寄った。

私より先に返事をするとか、よっぽど嫌なのね、この反応は。

「なんでそんなに嫌そうなんですか、ジュリアスさん」

「面倒だ」

「いいじゃないですか、祝賀会。せっかくのお招きなんですから。パーティーと言えば、無料のご飯ですよ。無料のお酒もありますよ」

この世の中で一番尊いものは、無料のご飯だ。

ロジュさんの言葉で表現すると『ただ飯』である。

「ジュリアスは、酒が飲めるのか？」

「飲めますよ。それはもう強いです。赤葡萄酒をジョッキ一杯飲んでも酔いません」

私は自分のことのように得意気に言った。私はジュリアスさんが酔っ払っているところを見たことがない。見てみたいなとは、常々思っているのだけれど。

「そうか。それはいい。祝賀会の催し物として、飲み比べをしよう、ジュリアス」

「……ファイサル様が負ける未来しか見えませんわよ。やめておいたらどうかしら」

うきうきした様子のファイサル様に、レイラさんが扇で口元を隠しながら、呆れたように言った。

聖王宮は、祝賀会の準備をもう始めている。ファイサル様は準備が整うまでの数日間、客人として、聖王宮に滞在してはどうかと提案してくれた。

ナタリアさんやジャハラさんたちも祝賀会に参加するのだという。ナタリアさんはジュリアスさん以上に、そういった催し物はめんどくさいと言って逃げそうだと思うのだけれど、どうやらラシード聖王家秘蔵の二千年物の甘露酒を振る舞うとファイサル様が伝えたら、「それなら行く」と、了承したらしい。

「クロエもジュリアスも、着飾ったらそれはもう見栄えがよくなると思うのよ。今の服装も悪くはないのだけれど、素材がいいのだし、せっかくの祝賀会なのだから」

レイラさんが嬉しそうに扇をぱちりと閉じて、にっこり微笑んだ。

「聖王宮で会ったときも着飾っていたけれど、あのときは落ち着いてパーティーを楽しむどころではなかったでしょう？　今回は、お祝いだもの。きっと、楽しいわよ。私はあまり、貴族の集まりが好きなほうではないのだけれど、クロエがいるなら別よ」

「レイラさん、私も実を言えばあんまり、そういった集まりは得意ではなくてですね」

「見ればわかるわよ」

「わかりますか」

「クロエは、昔は、シリル・アストリア様の婚約者だったのでしょう？　クロエ・セイグリット公爵令嬢だったのよね。でも、クロエが貴族令嬢として振る舞っている姿というのは、あまり想像できないのよ。ということは、元々あまり貴族らしくなかったのかしらね、と思っているわ」

失礼な意味ではなく、いい意味でね、とレイラさんは付け足した。

私の隣でジュリアスさんのご機嫌が悪くなっている予感がする。これは、やきもちなのかしらね。

そう思うと、勝手に胸の鼓動が速くなる。

初恋が叶ったばかりの子供みたいだ。実際そうなのだけれど、もう大人なのだから、もう少し落ち着きたい。堂々と皆の前で熱い抱擁をファイサル様と交わすことができるレイラさんぐらいの落ち着きが、私にも欲しい。

「でも、せっかくなら思い切り着飾って、パーティーを楽しみましょう？　着飾るというのは、女の楽しみの一つよ。もちろん、男性が着飾ってもいいのだけれどね。ファティマ公爵家の侍女たちの底力を見せるときが来たわ。ジュリアスが唸るぐらいに、クロエを美しく仕上げてあげる」

レイラさんに言われて、私は自分の顔を撫でたり、髪を引っ張ったりした。

ろくに手入れもしていないので、髪はそこそこにぱさついているし、お化粧も最後はいつしたっけ、という感じだ。素材のよさで勝負している心が美少女の私。

でも、素敵なドレスを着たり、綺麗なアクセサリーをつけたりするのが嫌いというわけでもない。自分自身にお金をかける必要性を、今まで特に感じなかったというだけで。

「余計なことをするな。今のままでいい」

ジュリアスさんがつまらなそうに言った。興味がなさそう。まぁ、そうでしょうね。

「まぁまぁ、そう言わないで。あれね、ジュリアス。着飾ったクロエの愛らしさに、他の男が寄ってきて奪われるのではないかと心配しているのね？」

「レイラ。俺はいつでも、美しいお前が誰かに奪われるのではないかと、心配している」

「今はファイサル様の話はしていませんわ」

ファイサル様が真剣な声音で会話に参加してくるのを、レイラさんは受け流した。

ちょっと寂しそうなファイサル様。せっかく自己主張を頑張ったのに、という感じだ。

レイラさんは気づいていないみたいだけれど、こういったことの積み重ねがファイサル様の大爆発に繋がるんじゃないかしらと思う。

「レイラさん、ありがとうございます。せっかくのお祝いなので、私もとっても楽しみにしています。でも、すぐに聖王宮に向かわなくては駄目ですか？」

私が尋ねると、レイラさんは不思議そうに一度ぱちりと瞬きをした。

「なにか用事があるの？　行きたいところとか」

「その……ラシード神聖国にせっかく来たのに、街を見たり、お買い物をしたり、なにもしてないなと思いまして」

「そういえばそうよね。クロエたちは、ラシードの嫌な面しか見ていないわね。いいところもあるのよ、この国は。宝石の加工技術では、世界一だと思うし。錬金術や魔道具も、進んでいるわね」

「それは、そうだと思います。アストリアには、プエルタ研究院みたいな不思議な場所はありませんし。ここは多分地下なのに、風も通るし、植物も生えているし、水もあります。空も」

「プエルタ研究院やフォレース探究所は、ラシードの中でもまた別格だ。俺にも、よくわからないことのほうが多い。だが、聖都を散策するだけでも楽しいのではないかと思う」

　やや落ち込んでいたファイサル様が、元気を取り戻して言った。

「ディスティアナ皇帝オズワルドの残していった業火は未だ燃え続けているが、此度の戦いでは、街には大きな被害が出なかった。それだけが救いだ。祝賀会まではまだ数日ある。ゆっくり、聖都を見て回る時間はあると思う。聖王宮に、部屋を準備しよう。数日は泊まっていけるだろうか」

「ファイサル様、それは無粋というものではありませんでしょうか。聖王宮は人が多くて、落ち着かないでしょう？　聖都の宿泊施設を確保するべきですわ。二人きりでゆっくり過ごせるような場所がいいと思いますのよ」

「そうか。それもそうだな」

「聖都は広いから、案内しましょうか。私、お忍びで街を歩くことも趣味の一つで、美味しいご飯や、お得な買い物まで、なんでも教えられると思うのよ。それに、アストリアとラシードでは、貨幣が違うでしょう？　まずは、換金所に行かないと」

元々口数が少ないジュリアスさんはいつも通りとして、私が口を挟む間もなく、あれよあれよという間にレイラさんがいろいろ手配しようとしてくれている。

けれど確かにレイラさんの言う通りなので、お願いしようかしら。

郷に入っては郷に従えともいうし、私はラシード神聖国について詳しいわけじゃないので、レイラさんに案内してもらうのは心強い。

「ありがとうございます、レイラさん。助かります」

「いいのよ、友達じゃない」

「はい！」

レイラさんが私の手を握って、微笑んだ。

妖艶で美人なレイラさんに微笑まれると、なんだか胸がときめきそうになる。これは、男の人が同じことをされたら、一撃なのではないかしら。一撃必殺、魔性の微笑み。

レイラさん、傾国の美女という言葉がぴったりだわ。

「クロエ、どんな宿泊施設がいいのかしら。やっぱり、ロマンティックな場所がいいわよね。聖都の中にある湖の畔に、雰囲気のあるいい宿泊施設があるのよ。恋人同士が泊まるのにはぴったりな」

「ま、まさか、誰かと泊まったのか、レイラ……」

「嫌ですわ、ファイサル様。妙な詮索はおよしになってくださらないかしら」

「しかし」

「せっかくだから、私たちもどこかの宿泊施設に一泊しましょうか、ファイサル様。聖王宮に帰ったら、忙しくなってしまうのでしょう？　一日ぐらい、ゆっくり過ごしても、誰も怒らないと思いますわ」

「……いいのか、レイラ」

「なにか問題がありまして？」

「なにもない」

すごい。レイラさんがファイサル様を手のひらの上で転がしている。

ジュリアスさんに転がされ続けている私とは大違いだ。見習わないといけない。

「……ジュリアスさん、あの」

「なんだ？」

「い、いえ」

なにか色気のあることを言おうとした私、ジュリアスさんの顔を見上げて、すぐに断念した。

どう考えても勝てるわけがない。

「ジュリアスさん、数日、ラシードの聖都をゆっくり満喫して、祝賀会に参加してからアストリアに帰るので、アストリアに戻るのは少し先になってしまいますけど、いいでしょうか」

「急ぐ理由もない。お前がそれでいいなら、構わない」

ジュリアスさんは短くそう言った。

それから私たちの側でお行儀よく翼をたたんで丸まって待っていたヘリオス君の首を、ぽん、と叩いた。

「また、クロエを乗せて飛べる。随分、待たせてしまったな」

ヘリオス君は閉じていた目を開くと「キュイ！」と嬉しそうに鳴いた。

離れたところで、数人の兵士の方々と一緒にリュメネちゃんの体洗いに取りかかっている、泡塗れのラムダさんの笑い声が、大広間に響いていた。

◆業火の爪痕

お世話になったプエルタ研究院の皆さんに別れを告げて、私たちは聖都アルシュタットへと向かった。

アンリ君とエライザさんが私たちを見送ってくれた。

ジュリアスさんの弟子になることをアンリ君は諦めていないらしく「アストリアに帰ったら、必ず会いに行きます」と力強い声で言っていた。

エライザさんは歩けるぐらいまで回復したみたいだった。私たちに深々と頭を下げて、「もう逃げない、必ず罪を償うわ」と言っていた。

コールドマンさんも目が覚めたようだけれど、魔獣にされた後遺症からなのか、ごっそりと記憶が抜け落ちていて、かなり混乱しているらしい。

日常生活が送れる程度まで回復できるかどうか、というところだそうだ。

エライザさんやアンリ君の顔もわからないのだという。

落ち着いたら皆でアストリアに戻ると言っていた。その後は罪を償うそうだけれど――これについては、ジュリアスさんに怒られそうだけれど、やっぱり私はシリル様に相談するつもりだ。

私は商品を売ってくれるアルバイトの女の子を雇いたいなと思っていたし、ナタリアさんが戻ってきたとき、クロエ錬金術店が以前のような――なんというか、それはそれは散らかって、恐ろしく汚れた、大惨事の後のような屋敷に戻ってしまうのが怖い。

あと、ナタリアさんを一人にしてはいけない予感がすごくする。ナタリアさんという人は、生活能力がびっくりするほど低いのである。低いというか、完全に、ないというか。

一緒に暮らしていたときは、料理洗濯お掃除を全部私が行って、起きてくださいとか、ご飯ですよとか、口うるさく言わないと動かないような人だった。

以前は私がお世話をできたからよかったのだけれど、今の私は、ジュリアスさんで手一杯なので、ナタリアさんの面倒までは見られない。

せっかく綺麗にした錬金術店を大惨事にされないためにも、エライザさんとアンリ君の力が必要だ。

傭兵団や騎士団の懲罰の一つに、街の奉仕活動というものがあると、以前ロジュさんが教えてくれたことがある。

つまり、それ。

ナタリアさんは「祝賀会では普段絶対飲めない酒が振る舞われるから、仕方ないから行くわよ」と、プエルタ研究院の客室のベッドの上で、ミノムシのようにお布団に丸まりながら言っていた。

慣れないことをして疲れたし、百年分ぐらい世のため人のために働いたので、しばらく動きたくないのだという。

ナタリアさんにはたくさん助けてもらった。

お礼を伝えると「いーのよ、あなたは私の弟子なんだから、ピンチのあなたをたまたま見かけたら、助けるのは当たり前よ」と言っていた。

どうしてメフィストと私が戦っていることを知っていたのかと尋ねると、手をベッドの中からひらひら振りながら「偶然ってやつね」と言ったきりだった。

なにか誤魔化されている気がするけれど、ナタリアさんが口にしないということは、私が知らなくてもいいことなのだろう。

私はジュリアスさんとともにヘリオス君に乗って、皇帝オズワルドが残した消えない業火のもとへと向かった。

聖都アルシュタットに向かう前にもう一度見ておきたいと、ファイサル様にお願いしたのである。

あのときは必死で、全てを鮮明に思い出せるというわけではないけれど――ただ、炎の恐ろしさだけは、記憶に焼きついている。

炎に近づくにつれて、異様な熱さを感じた。

砂漠を舐めるようにして、炎の海が広がっていた。

幸いなことに、オズワルドの残した炎の海の近辺には街はなく、砂漠が広がっているばかりなのだという。

炎の海の周囲には、炎が広がらないようにと錬金術で作った氷の障壁が張り巡らされていて、宮廷魔導師と錬金術師がそれを見張り、障壁の管理を行っているのだと、ファイサル様が教えてくれた。

「皇帝オズワルドは、恐らく人間です。ですが、……人間の力ではありませんね、これは」

「シェシフと同じ。あれも、悪魔を飼っている。恐らくは」

燃え盛る炎を上から見下ろして、私はジュリアスさんに言った。

ジュリアスさんは、淡々と返事をした。

オズワルドの傍らには、いつから悪魔がいたのだろう。この騒乱は――一体、いつから始まっていたのだろう。

「この炎は、魔力によって作られていますが、魔力によって作られた炎は、持続しません。もちろん、炎が森や家を焼けば、それは魔力による炎から、自然現象へと形を変えますので、炎は燃え続けますけれど……砂漠には、炎を保つための燃料がありませんから」

「だから、悪魔の力なのだろう」

「はい。……多分」

あの場には、サマエルの気配しかなかった。

オズワルドは恐ろしかったけれど――その側には、新しい悪魔の姿はないような気がした。

だとしたら、ディスティアナ皇国に、私たちの知らない悪魔が巣食っているということかもしれない。

「オズワルドは、悪魔にそそのかされて戦争を始めたのでしょうか」

「さぁな。野心家ではあるのだろう。戦争は、オズワルドの意思だったと思うが、どちらにせよ、このままでは終わらないだろうな」

私はジュリアスさんの服の背中を、ぎゅっと摑んだ。

額を広い背中に押しつける。

ディスティアナ皇国のことやオズワルドのことを話すとき、ジュリアスさんが遠くに感じられる。

私やジュリアスさんから遠く離れた知らないところで、勝手に全てが終わってくれたらいいのに。

そう願ってしまう。

私はアストリアで、錬金術師クロエとして、ジュリアスさんと穏やかな毎日を過ごしたい。

そこにはヘリオス君やリュメネちゃんがいて、ナタリアさんやロキシーさんや、ロジュさんたちがいる。それだけで、いいのに。

「今考えても解決できないことは、考えても仕方ないこと。ナタリアさんの教えの一つです。しんみりしちゃってごめんなさい。今、私のやるべきことは、この炎をどうにかすることですね」

私はジュリアスさんの背中から額を離すと、できるだけ明るい声を出した。

「できるのか？」

「私を誰だと思っているんですか？」

「天才美少女錬金術師クロエ、だな」

「ジュリアスさんが言うと笑いそうになっちゃうので、やめてくれませんか」

全く心がこもらない声で美少女と呼ばれると、面白いわね。

なんだか最近、ジュリアスさんがちょっと面白い。私はくすくす笑った後に、肩から下げた布鞄から、錬金物を取り出した。

「ファイサル様、消火活動をしようと思うんですけど、いいですか？」

私たちから少し離れたところにいるアレス君に乗ったファイサル様とレイラさんに、私は大きな声で話しかける。

アレス君が私たちに近づいてきて、ヘリオス君の横に並んだ。

ファイサル様はレイラさんを後ろから抱きしめるようにして、アレス君に乗っている。

今日も横抱きにして乗るという案は拒否されてしまったようで、スカートのまま大きく脚を開いてアレス君に乗っているレイラさんの白い脚が、目に眩(まぶ)しい。

レイラさん、私みたいにちゃんとスカートの下にドロワーズを穿いたほうがいいと思うのよね。穿かないのが大人のオシャレとか、レイラさん流の美学なのかもしれないけれど。

「ラシードの宮廷魔導師の氷魔法や、水魔法、それから、錬金術師の作った消火剤でも、歯が立たなかった。炎を消し去れるとしたら、ありがたい。なんでも試してくれ！」

ファイサル様に言われて、私は「はい！」と返事をした。

私の手には、『消火』と書かれた赤いバケツ。それを、せっかくなのでファイサル様にも見せてあげた。

いつも自慢げにジュリアスさんに商品説明をしている私だけれど、今日はファイサル様やレイラさん、それから、ラシードの兵士の皆様がいる。

ラシード神聖国にも、私の作った錬金物の素晴らしさが広まるかもしれない。国境を越えて、お客さんが来るかも。それはいいわね。繁盛しちゃうわね。

エライザさんには頑張ってもらわないと。制服はどんなものがいいかしら、やっぱりエプロンドレスがいいかしらね。

私は接客をするエライザさんの姿を想像して、にやにやした。エライザさんは、見た目はとても可愛いので、男性のお客様がそれはもう増えそうだ。アンリ君には悪いけれど、これは商売。エライザさんが男性客の人気の的になることについては、我慢してもらおう。

「これは、いつだかアストリアの古の魔導師の方が魔力暴走を起こして山を噴火させて、マグマが溢れて、いつまでも燃え続ける森林火災を消火した、素晴らしい消火バケツです。マグマの炎を鎮火させて、後には冷却された溶岩が残るだけとなり、天才美少女錬金術師クロエちゃんは村を救った英雄となったわけですね」

私が胸を反らしてはっきりきっぱり大きな声で商品説明をすると、ファイサル様やレイラさん、それから兵士の方々が、ぱちぱちと拍手をしてくれる。

どうしよう。恥ずかしい。

「……照れるなら、やめたらいいだろう」

胸を反らしたまま頬を染める私をちらりと見て、ジュリアスさんが言った。

いえ、かれこれ三年、こんな感じで生きているので、大目に見て欲しい。

この恥ずかしさを越えた先に、なにか真理のようなものがあるかもしれないし。

「今では一家に一台消火バケツ。アストリアの王都の火災の鎮火にも非常に役に立っているのです。オズワルドの炎に太刀打ちできるかどうかはわかりませんが、試してみますね！」

私は消火バケツを、炎に向かって放り投げた。

一個だけでは心許ないので、無限収納鞄からありったけの消火バケツを引っ張り出して、ぽいぽい投げた。

「バケツから溢れて広がれ消火剤、危険な炎は鎮火して！」

仕込んでおいた詠唱とともに、炎の中に落ちていく消火バケツから、どろりとした透明な液体がどんどん溢れて、燃え広がる炎の上に広がっていく。

炎に蓋をするように、消火剤が広がる。

炎を消し去る力を持った液体と、魔力封印の力を込めてある。

魔力によって燃え広がり、自然現象へと変化した炎は、それでもやはり多少の魔力を帯びていて、消えにくく、燃え広がりやすいからだ。

私の消火バケツによって、消火剤に包まれた炎は、シュウシュウと白い煙を上げながら、小さくなっていく。

氷の障壁の中の炎が消え失せるまでには、そう長い時間はかからなかった。

オズワルドの炎に、私の消火バケツは勝った。さすが天才。そして美少女。

黒く焼けた砂漠の砂が、姿を現す。

兵士の方々が盛大な拍手を送ってくれたので、私は手を振って応えた。ファイサル様とレイラさんも感心したように、口々に私を褒めてくれた。

ナタリアさんにはまだ敵わないけれど、私の錬金術も、結構すごいのではないかしら。

「天才美少女錬金術師クロエちゃんの作った消火バケツは、一個一万五千ゴールドです。アストリアの王都のお店で売っているので、よろしければぜひ！」

いついかなるときでも商人魂を忘れない私。素晴らしいわね。

「……オズワルドの炎が、お前の妙な形をした道具に負けるとはな」

「消火バケツ、可愛いじゃないですか。そしてわかりやすい。有事の際はわかりやすくて目立つ造形の物が一番いいんですよ」

「お前を見ていると、気が抜ける」

「いいことです」

ジュリアスさんが、溜息交じりに言った。

呆れたようなその声音は、けれど少しだけ楽しそうだった。

◆聖都アルシュタットでのお買い物

聖都アルシュタットに到着すると、ヘリオス君はジュリアスさんの指輪の中へと入り、アレス君はファイサル様に命じられて一人で聖王宮へと戻っていった。

ファイサル様はジュリアスさんの指輪に興味があるようだったので、売り込みをしようと思ったのだけれど、私が指輪の説明をしようとするとジュリアスさんがいつも以上に不機嫌になったので、やめておくことにした。

飛竜を指輪の中に閉じ込めることをジュリアスさんは快く思っていないはずなので、指輪がジュリアスさん以外の誰かの手に渡るのが嫌なのかもしれない。

それこそ、飛竜を物のように扱うな、というやつよね。

ヘリオス君を指輪の中にしまい込むのも、多分最低限にしているのだろうし。

あんな戦いがあったとは思えないぐらいに、ラシード神聖国の中心である聖都アルシュタットは賑わっていた。

ラシードの人々の多くは、袖が長く筒状になっていて、裾で足下まで隠れる衣服に身を包んでいた。色は様々で、真っ白なものもあれば、赤や青に、艶やかな刺繍が施されているものもある。

頭に布を巻いている方が多いのは、強い日差しから皮膚や髪を守るためなのだろう。

「クロエ、ここはアルシュタットの中心街。宝石やドレス、衣服、本や食料まで、なんでも揃う場所よ」

賑やかな街を、ファイサル様と腕を組んで歩きながら、レイラさんが説明してくれる。

私とジュリアスさんは、二人の後をついて歩いている。ファイサル様とレイラさんの顔を道行く人々は知っているのだろう、すれ違いざまに軽く礼をしてくれるけれど、必要以上に畏れたり敬ったりはしていない──というよりは、気安い印象を受けた。

「アストリアの大通り商店街のようなものですね。私のお店があります。今は二号店になりましたけれど。アストリアよりもずっと、大きいですね。それに、賑やかです」

「……アストリアは田舎だからな」

「それは、ディスティアナに比べたらそうでしょうけれど。……ううん、でもやっぱり田舎なんでしょうか、ラシードを見たらそんな気がしてきましたね」

ジュリアスさんに初めて大通り商店街を案内したときも、田舎だと言われたわね。

ディスティアナ皇国の皇都はどれほど栄えているのだろう。

争いが起こった後でも賑やかなアルシュタットと同じで、ディスティアナ皇国の皇都も、平和で栄えているのかもしれない。

街を歩いていると、戦争と人々の営みは無関係なように見える。

けれど実際そんなことはなくて、今回はたまたま、街が戦禍に見舞われなかったというだけなのだろう。

アストリアは、未だ復興のさ中にある。

一歩間違えればラシードも同じようになっていたはずだ。

「アストリアもいいところよね。一度、ファイサル様の外遊に同行したことがあるのよ」

「数年前、兄上の護衛として王都に行った。不思議なものだな、あのときクロエは、アストリアで公爵令嬢として生活していたのだろう？」

「そんな過去もありましたね」

ファイサル様に問われて、私は愛想笑いを浮かべながら適当にお茶を濁した。

その話はあんまりしたくないのよね。

レイラさんが「デリカシーがないですわよ、ファイサル様」と言って、ファイサル様の脇腹を軽く抓(つね)っている。痛そう。

「そんなことよりも、クロエ。まずは着替えましょう。せっかくの街歩きなのに、いつもと同じ服装じゃ雰囲気が出ないわよね。おすすめの、お洋服屋さんがあるの。ドレスは採寸して作らないと着られないけれど、ラシードの一般的な洋服は、採寸しなくてもいい作りになっているから、すぐに着られるわよ」

「それはいい考えだ。ラシードは真昼は熱く、夜は寒い。そのため、衣服に使われている砂漠蜘蛛の繭糸(けんし)は外気に合わせて温度が変化する。着心地がいいと思う。なによりも、体を締めつけないので、とてもいい。男女ともに服の形はほぼ同じだが、色や模様は違う。きっとジュリアスにも似合うものがあるだろう」

レイラさんの提案に、ファイサル様が同意した。

砂漠蜘蛛の繭糸とはなにかしら。私の作ったアリアドネの糸にも同じような効果があるのだけれど、どちらが優れているのだろう、気になるわね。

私の知らない素材が、世の中にはまだまだたくさんあるのだ。

「それはよかったですね、ジュリアスさん。ジュリアスさんも、動きやすい服が好きですもんね」

私はジュリアスさんを見上げて微笑んだ。

ジュリアスさんはエプロンドレスしか着ない私と同じぐらいに、衣装のパターンに乏しい。

アリアドネの外套と黒いローブを着まわしているジュリアスさんだけれど、見た目がいいのでなにを着ても似合うだろう。素直に着てくれるかどうかは別として。

「……あぁ、そうだな」

面倒だなと言われるかと思ったけれど、ジュリアスさんが頷いてくれた。

もしかしたら、異国情緒溢れる街並みを歩いていることによって、ジュリアスさんもいつもよりも浮かれているのかもしれない。

「服には興味がないが、お前の好きなようにするといい。今日は、お前に付き合うと決めた」

「ジュリアスさんが、優しい……どうしちゃったんですか、この数日、すごく優しいです。熱でもあるんじゃないですか」

「優しいのはいいことじゃない。というか、普通でしょう、女の買い物に付き合うことぐらい。ねぇ、ファイサル様」

私たちのやり取りを聞いて、レイラさんが不思議そうに首を傾げた後、ファイサル様の腕を引っ張りながら甘えるように言った。

ファイサル様が満面の笑みを浮かべる。ものすごく嬉しそう。ご主人様の買い物についていけることを喜んでいる犬みたい。犬とか思ってごめんなさい、ファイサル様。

錬金術店にお客さんが来なくて、便利屋さんのようなことをしていた時代、犬を洗ったり散歩させたりすることもよくあったので、私は犬に結構詳しいのである。

「もちろんだ、レイラ。ぜひ荷物持ちをさせてくれ。そのほうが、一人でレイラがうろうろしてどこかに行ってしまうよりも、よほどいい」

「なんですの、その言い方。まるで私を、困った子供と言っているようですわ」

「い、いや、そういうわけでは」

ファイサル様、一言多いわね。

一生懸命レイラさんの機嫌を取っているファイサル様を見ながら、私は苦笑した。

でも、二人ともとても楽しそう。

そんな姿を見ているだけで、なんだか嬉しくなってしまう。

「クロエ、行きましょう！　何色がいいかしらね、クロエは可愛いから、薄桃色の花柄がいいかしら。私は可愛い服は似合わないのよね、顔立ちが派手だから、アンバランスになってしまうのよ」

「レイラさんは美人なので、なにを着ても似合いますよ」

ファイサル様との喧嘩をやめたレイラさんが、私と腕を組んで言った。

こちらだと言わんばかりに、ぐいぐい引っ張るので、私はそれに従った。

結局、ジュリアスさんが妙に優しい理由を聞くことはできなかった。優しいのはいいことなので、気にしなくてもいいのかもしれない。

中心街の一角にあるレイラさんおすすめのお洋服屋さんで、ラシードの一般的な衣装を購入した。

レイラさんは、赤に黒薔薇の刺繍があしらわれているもの。ファイサル様はその逆で、黒に赤薔薇の刺繍があしらわれているものを購入していた。

私は、白地に桃色の花模様の衣装。これは、私の髪の色と目の色に合わせて、レイラさんが選んでくれたものだ。

ジュリアスさんは、黒地に金糸で鮮やかな百合の花が描かれているもの。どれでもいいと、着替えにやる気を見せないジュリアスさんに、私が選んで押しつけたのである。

試着室で着替えて、そのまま購入となった。

レイラさんやファイサル様は、普段着として着慣れているのだろう。とても似合っていたし、特に違和感もない。

ジュリアスさんも、すらりとした長身に、丈の長い衣服がとてもよく似合う。

頭から被って足元まで覆う衣服の下穿きは、中央を紐で結ぶ、ゆったりとした形のズボンである。

ふんわりと膨らんでいて、足先はきゅっと狭まっている形だ。上下セットで着用するのが一般的で、上下とも同じ色合いをしている。

「やっぱり、思った通り可愛いわね、クロエ！」

レイラさんが私をぎゅうぎゅう抱きしめてくる。

体を締めつけない衣装を着ているのに、膨らみと凹みのくっきりわかる肉感的な美女のレイラさんに比べて、私はもう、なんていうか、すとん、という感じだ。

すとんという感じだし、袖が長い。

私はどうやら一般的なラシードの女性たちより、小柄らしい。

ラシードの女性たちはどちらかといえば長身で、体つきも凸凹がはっきりしている方々が多いそうだ。だから女性用の衣服は大き目の作りになっていると、店主さんが教えてくれた。

　これ以上小さくするとなると、子供用になるらしい。

　それは、ちょっと、いただけない。

　普段美少女と自分のことを形容して憚らない私だけれど、二十歳なのだ。立派な成人女性なので、子供用の服を着るのはさすがに恥ずかしい。

「お洋服は可愛いのですが……」

「貧弱な体が更に貧弱に見えるな、クロエ」

　老齢の女性である店主さんに「まぁ、男前！　でも髪がぼさぼさねぇ」と言われて、ご好意で伸びた後ろ髪を紐で縛られていたジュリアスさんが、私を小馬鹿にしたように笑った。

　さすがのジュリアスさんでも、ご高齢のおばあ様を冷たくあしらうことはできないらしい。

　大人しく椅子に座って、鏡の前で髪を結われている姿は、借りてきた猫のように愛らしくて面白い。

　私が面白がっていることに気づいているのだろう。逆襲である。

「クロエは小柄だからね。私と同じ年とは思えないぐらいに童顔だし。クロエだけではなくて、アストリア王国の女性は、ラシードの女性よりも若く見えるのかしら？　だとしたらいいわね」

「私はレイラさんのような美人さんが羨ましいですよ。私もレイラさんのような見た目だったら、堂々と、美女だと名乗るのですが」

「美女錬金術師？」

「空前絶後の絶世の美女、天才錬金術師クロエ！　みたいな感じで」

「クロエは美女というよりは、美少女という感じよ。今のままでいいと思うわ」

レイラさんが私をよしよしと撫でてくれている。ものすごくフォローをされている気がする。

レイラさんやナタリアさんにあって、私にないものとはなにかしら。

やはり、胸？　胸の大きさ？

「錬金術の力で、私もいつか美女に、豊満な美女に……」

「クロエ。確かにレイラの胸は大きいが、女性の美しさとは胸の大きさとは関係がない」

私の呟きが聞こえたらしく、ファイサル様が生真面目な表情で言う。

両手でレイラさんの胸の大きさを表現してくるので、ちっとも励ましになっていない。どう考えても巨大だ。巨大な胸。すなわち、巨乳。

「ファイサル様、デリカシーがなくていらっしゃいますわよ」

レイラさんが鉄扇でファイサル様の脇腹をつついた。

髪の毛を結ってもらい終わったジュリアスさんが、私の横へとやってくる。

私と違って裾も袖も余っていない。なにを着ても似合うジュリアスさんは、やっぱりラシードの衣服もさらりと着こなしていた。

それに、長さがまちまちに切られている長めの金の髪を縛るだけで、どことなく気品がある。

気品があるのはその出自を考えれば当然なのだけれど、いつものジュリアスさんが、あまり見目や礼節を気にしないせいで、つい忘れそうになってしまうのよね。

これについては、私も同じようなものだけど。

「ジュリアスさん、黒と金色で、ヘリオス君の色ですね」

「……あぁ、そうだな」

「似合ってますよ。髪も、結ぶとすっきりしますねジュリアスさん。今度切りに行きましょうか？　アストリアにいきつけの髪切り屋さんがあって。私も一年に一回ぐらい切りに行きます」

「一年に一回！」

レイラさんが目を見開いて、私の肩を摑んでがくがくと揺さぶった。

「ラシードでは、庶民の女性でも一ヶ月に一回は髪を整えに行くわよ。一体どんな生活を送っているの、クロエ」

「え、ええと、年に一回ぐらい、短くしてください！　って切ってもらって、それがだんだん伸びていって、一年後には邪魔なぐらいに伸びたのを、また短くしてもらう感じですね」

「ジュリアスもクロエも見栄えがいいのに、どうして気を遣わないの！　祝賀会では磨きに磨いてあげるからね、覚悟しておいて！」

決意を新たにするレイラさんに、ジュリアスさんがめんどくさそうに嘆息した。

髪を結ぶと、首の刻印が目立つ。

二つ角のある、獣の頭蓋骨の形をした不吉な刻印と、そして、首に巻かれた南京錠の首輪。

もう不要なものだと思うのに、未だジュリアスさんは外させてくれない。

私はそっと視線を逸らした。

体の傷も刻印も、見慣れたと言えばそうなのだけれど、やはり目にするとなんとはなしに息苦しさを感じる。

自由な空が似合うジュリアスさんを、繫ぎとめているような気がするそれ。

けれど——それが失われたら、ジュリアスさんはどこかにいなくなってしまいそうな予感がする。

ふと感じた不安に、私は胸を押さえた。

ラシードでの騒乱は終わって、楽しいお買い物のはずなのに、どうして不安になるのかしら。

「支払いは、こちらで行っておく。レイラの我儘に付き合ってくれて、ありがとう、二人とも」

ファイサル様の声に、私はふと沈んでいた意識を浮上させる。

いつもの笑顔を浮かべて「ありがとうございます！」と元気よくお礼を言った。

せっかくの好意だし、無下（むげ）にしてはいけないわよね。ファイサル様が買ってくれるというのだから、お言葉に甘えさせてもらおう。

レイラさんは「我儘ですって！」と不満そうに唇を尖らせている。

よかった。一瞬物思いにふけってしまったけれど――気づかれていないわよね。

せっかく楽しい時間なのに、台無しにしたくない。

「クロエ……髪を伸ばしているのか」

ジュリアスさんが私の顔を覗き込むようにしながら口を開く。

顔にかかった髪を指先で払われて、耳にかけられる。

「伸ばしているというわけじゃなくて、気づいたら伸びているって感じですね。王都の皆さんは、私が髪を切ると、あぁ一年経ったなぁって実感すると、これはこれで評判がよくて」

「一年後。お前とともに俺も髪を切る。それまでは、このままでいい」

「え……？　あ……はい！」

言われた意味が一瞬わからなかった。

けれど、頭の中で一度繰り返して、私は慌てて頷いた。

それは、約束。

――未来の約束。

一年後も一緒にいるという意味だと、思っていいのよね、多分。

私の不安を、まるで見透かされているみたいだ。

ジュリアスさんは私の髪をそっと撫でた。

約束したのだから、レイラさんには驚かれたけれど、いつも通り髪を伸ばそう。きっと一年後には結うことができるほどに伸びているだろう。

そうしたら私も、美女と言っても過言ではない姿になっているはずよね、多分。

◆屋台巡りと好きなもの

着替えを終えた私たちは、賑わう街をレイラさんの案内で歩いている。

両替所で、アストリアの金貨をいくらかラシードのものへと変えた。アストリアの金貨には星の模様が彫られているけれど、ラシードの金貨には、繊細な薔薇の模様が描かれていた。

交換比率の確かではない両替所もいくつかあるらしく、ぼったくられる場合もあるのだと、レイラさんが教えてくれた。特に旅慣れしていない、綺麗な身なりの人はふっかけられる場合が多いらしい。

恐ろしいわね。レイラさんがいてくれてよかった。

ラシードに来る前に両替レートを確認しておけばよかったのだけれど、まるで思いつかなかった。

次からは気をつけようと思う。

「まずは食事にしましょうか。祝賀会で高級な料理を楽しむことができると思うから、せっかく街に来たのだし、庶民的な食事がいいわよね。屋台街なんておすすめなんだけど、行ってみる?」

「はい! ぜひ!」

レイラさんに言われて、私はすぐに賛成した。

屋台街とか、胸がときめく。屋台は好きだ。そこで売っている食事は安価な場合が多い。私も素材集めのために遠征するときは、王都以外の街に宿泊することがあった。

屋台にはよく行ったし、安宿にも一人で泊まったものである。

女の子の一人旅は危ないと、ロジュさんに時々心配されたけれど、案外皆さん優しくて、特に問題は起こらなかった。護身用に、鳥かごに入った瞳ちゃんを杖にくくりつけて持ち歩いていたので、それがよかったのかもしれない。

私はレイラさんと並んで歩いて、私たちの後ろをジュリアスさんとファイサル様が歩いている。ファイサル様がジュリアスさんに、ヘリオス君についていろいろ質問しているのに、ジュリアスさんがぽつぽつと返事をしているのがなんだか微笑ましかった。

食事どきとあって、屋台街に近づくにつれて人が増えているようだ。いい香りが鼻腔をくすぐる。揚げ物をする音や、なにかを炒める音が、雑踏のざわめきとともに聞こえてくる。

広い空間に、布の天幕が張られている屋台がいくつも並んでいる。天幕には色とりどりの硝子細工や、鏡や、金属などでできた飾りがかけられている。

「お店の前にああいった装飾を飾るのは、魔除けの意味があるの。陽光を受けて輝く綺麗なものは魔性のものを寄せつけないと、信じられているわ」

「なるほど。いいですね、キラキラして綺麗ですし、お店が映えます」

「手作りをする人もいるけれど、お店で買えたりもするわね」

「そうなんですね。お土産に買っていこうかなぁ」

ロキシーさんとロバートさんにプレゼントしようかなと思う。

いつかロキシーさんにお店の用心棒として、瞳ちゃん二号を渡そうと思って提案したら、なぜかやんわりと断られてしまったことがある。でも、綺麗な飾りならロキシーさんもきっと喜んでくれると思う。

ロバートさんも、ロバートさんの趣味に合わなくても、ロバートさんの奥様が喜んでくれそうだ。

「後でお店に案内するわね。屋台の食事もいろいろあるけれど、私のおすすめは、砂トカゲの串焼きかしら。あとは、お肉を細かく刻んで、薄焼きのパンに挟んでもらったものを食べたりもするわね。それから、米づめ揚げ鳥とか、羊のミンチ肉をミートボールにして煮込んだスープも美味しいわよ」

「詳しいですね、レイラさん」

「好きなのよ、屋台。王宮や、公爵家で食べる食事は肩が凝るし、コルセットが苦しくて食べる気がしないし」

「レイラさんもコルセット、苦しいって思ってるんですね……！」

私は感動した。

公爵令嬢時代の私も、コルセットについて苦しいなって思っていたけれど、それを相談できる相手なんて一人もいなかったのだ。

「苦しいわよね、あれ。だからたまにこうして屋台街に遊びに来て、食欲を満たしているのよ。お肉を遠慮なく食べられるのがいいわよね。砂トカゲ、美味しいわよ」

「砂トカゲ……」

郷に入っては郷に従えというし、私は覚悟を決めた。

おすすめされたら食べるしかない。

「ジュリアスさん、砂トカゲ、食べますよ」

「俺はいい」

「食わず嫌いですか」

「トカゲは、竜に似ている」

確かに言われてみれば、似ている気がする。

ヘリオス君を食べているみたいで落ち着かない気がしてきたので、私は考え直した。

世界に一つぐらい、食べることができないお肉があってもいいかもしれない。

「よかった。俺も苦手なんだ、砂トカゲは」

ファイサル様もどこかほっとしたように言った。

レイラさんはじっとファイサル様を睨むようにして見上げた。

「ファイサル様、クロエたちアストリアの方々は仕方ないとして、砂トカゲはラシードの庶民の味なのですよ？　羊やキジバトよりも安価ですわ。だからよく食べられているのに、聖王になる方が苦手だなんて」

「すまない、レイラ……しかし、王宮では砂トカゲを食べる習慣がなくてな」

「ファイサル様こそ、食わず嫌いです。私たちは砂トカゲの串焼きを買ってくるわね。クロエたちは、好きなものを選んでね。食事が終わったら、屋台街の入り口で合流しましょう」

レイラさんがファイサル様をぐいぐい引っ張っていく。

確かにレイラさんの言い分にも一理あるとは思うけれど、嫌いなものを食べる羽目になったファイサル様が少し可哀想な気がした。

二人の姿が雑踏の中に消えていって、私はジュリアスさんを見上げた。

「ジュリアスさん、なにか食べたいもの、ありました？　砂トカゲ以外で」

「羊肉か、鳥だな」

「お肉、好きですよね」

「あぁ、そうだな。食事の好みなど考えたこともなかったが、どうやらそうらしい。お前の作った料理に慣れたからだろう」

「最近お肉料理を増やしましたからね。気に入ってくれてなによりです」

ご飯が美味しいと思えることはいいことだと思う。

辛かったり、苦しかったりすると、なにを食べても味なんてしないから。

私は料理が美味しいと褒められた気がして、にっこり微笑んだ。

ジュリアスさんが私の頭を乱暴にぐりぐりしてきたので、これは多分照れ隠しなんだろうと思う。すごく可愛い。どうしよう。ジュリアスさんのことを可愛いと思う日が来るなんて。

私は内心の動揺を隠しながら、ジュリアスさんの手を引っ張った。

「それじゃあ、お肉を買い占めに行きましょう。たくさん食べましょうね、ジュリアスさん。両替したので、資金は潤沢です。屋台のご飯を全部買い占めてもあまりあるほどの富です」

「お前はどうせ、それほど食えないだろう」

「今日は普段よりもいっぱい食べられるかもしれません。初めての旅行で、浮かれているので」

「浮かれているのか？　いつも通りに見えるが」

「私がいつも浮かれているみたいな言い方ですね、それ」

文句を言う私を気にせずに、ジュリアスさんは屋台のほうへと足を進めた。

人混みの中ではぐれないようにだろう。ジュリアスさんを引っ張っていた私の手を、強く握り返してくれた。

私たちは羊肉のミートボール煮込みのお店の前にやってきた。

大鍋には透明なスープがたっぷり入っていて、ぐつぐつ煮られている。透明なスープの中に、ボール状に丸められた大きめの羊肉がゴロゴロ入っていて、臭み消しの香草もたっぷりと使われている。

「こんにちは！　スープを二つくださいな」

私はスープを煮ているお店のご婦人に話しかけた。

恰幅（かっぷく）のいい女主人はジュリアスさんと私の顔を交互に見た後「あんたの旦那さんは、たくさん食べそうだね」と言って、大きめのお皿に溢れそうなほどスープをよそってくれた。

旦那さんではないのだけれど、せっかくのご好意なので、否定するのもどうかと思い私は「ありがとうございます」とお礼だけ言った。ちょっと恥ずかしい。

ジュリアスさんも特に否定しなかった。もしかしたら、ジュリアスさんの左手の薬指に嵌められている指輪を見て、店主さんは私たちを夫婦だと思ったのかもしれない。

そんなところに指輪を嵌めるジュリアスさんが悪いのだと思う。

お金を払って、私たちはお店の前にあるベンチに座った。

深皿の中には、一口では食べ切れないぐらい大きなボール状の、羊肉のミートボールが、スープと一緒にたくさん入っている。スープよりも具材のほうが量が多い。これ一杯食べただけで、満腹になりそうな予感がする。

私はスプーンでお肉をすくって一口食べた。

味付けが、アストリアとは違う。アストリアはトマト味のものが多いのだけれど、こちらはなんといえばいいのか、香味野菜と一緒にかなりの量のスパイスが入っているようで、ピリッとした辛さを感じた。

スパイスが羊の臭みを完全に消してくれているみたいだ。味は独特だけれど、美味しい。

「美味しいですね、ジュリアスさん。ちょっと辛いですけど」

「そうだな。酒も多く売っているようだ。酒を売るために、味が濃い」

なるほどと、私は頷いた。

そんなふうに考えたことはなかった。私はお酒を普段から好んで飲んだりしないので。

ジュリアスさんは時々お酒を飲んでいるけれど、私は酔ったジュリアスさんを見たことがない。

ロキシーさんのお店に来る男の人たちは、大抵すぐに酔っ払っているので、ジュリアスさんは特別お酒に強いのかもしれない。

「お酒、飲みます？」

「いや、いい。夜だな」

「夜は飲むんですか」

「あぁ」

「それじゃあ、ラシードのお酒を何本か買いましょうか。どうやら今夜はいい宿に泊まれそうなので、ゆっくりできそうですし」

ジュリアスさんは相変わらずものすごい速さで、たっぷり盛られたスープを綺麗に食べ終えてしまった。

私は案の定スープを半分食べたらお腹いっぱいになってしまったので、残りをジュリアスさんにあげた。

屋台のご飯を買い占めるという野望は、一軒目で頓挫してしまった。

でもまぁ、ジュリアスさんはまだ食べられそうなので、少し分けてもらおう。

ジュリアスさんがたくさん食べてくれるから、いろんな味を少しずつ味わうことができると思うと、ジュリアスさんが見た目に反して大食漢でよかったなぁと思う。ものすごく食べるのにスタイルがいいのは、羨ましい限りだけれど。

◆高級宿泊施設はファイサル様のおごり

レイラさんに案内してもらったお店で、ロキシーさんとロバートさんへのお土産に、魔除けの飾りを二つ買った。

それから、アストリアでは売っていない見たことのない素材や、錬金物もいくつか。

ラシードではお肉をよく食べていて、その他には豆や育てやすい穀類もよく食べるそうだ。

昔は、お肉は保存がきかないから、食卓にのぼるのは干し肉ばかりだったのだという。

けれど今は、金属製の保温性の高い箱の中に、錬金術で作った冷凍石を入れることで、素材を冷やしたり凍らせたりして、新鮮なまま長く保存ができるようになっているようだ。

アストリアの場合は干し肉も売っているけれど、お金を出せば新鮮なお肉はいつでも手に入る。野菜もそうだ。お魚は港まで行かないと難しいけれど、特に不自由だと思ったことはない。

けれど、食材を保存できるというのはとてもいい。

参考までに、冷凍石も一つ買った。持続期間は数ヶ月程度で、定期的に入れ替える必要があるとお店の人が説明してくれた。

ひと通りお店を回り、お買い物を終えると、レイラさんとファイサル様は私たちを、聖都の中でも一番高級な宿泊施設が立ち並ぶ区画へと連れて行ってくれた。

レイラさんとファイサル様もせっかくだから泊まっていくのだという。

てっきり一緒に泊まるのかと思ったけれど、レイラさんは片目をつぶって「落ち着かないでしょ、私たちがいると」と言っていた。

ファイサル様は終始にこにこしていた。レイラさんとのデートがすごく嬉しかったみたいだ。

レイラさんはずっとファイサル様に、シェシフ様の様子がおかしいと訴えていたみたいだから、もしかしたら内乱が起こる前は、二人の間には溝があったのかもしれない。

今はすっかりそんなものはないように、とても仲良しに見える。

明日は祝賀会の準備があるので聖王宮に来るようにとファイサル様に言われて、私は頷いた。

祝賀会が終われば、アストリアに帰ることになる。もう少しで日常に戻れると思うと、どこか安堵したような心持ちになる。


ファイサル様が宿の受付で全て手配してくれたので、恐らくものすごく高価だろう宿泊費はなんと、ただだった。

宿泊施設の案内役の方が、白い大きな階段を上がった先にある部屋まで案内してくれた。

荷物はと尋ねられたので、特にないと伝えると、少し驚いたような顔をされたけれど、それ以上なにも聞かれなかった。お客さんのことについて、詳しく聞いてはいけない決まりになっているのかもしれない。

そびえ立つお城、とまではいかないけれど、貴族の邸宅ぐらい大きい宿泊施設の最上階のフロアが、全て私たちのための部屋だった。

白を基調にした、清潔感のある部屋だ。

ラシードで多く見かける硝子をモザイクにした色とりどりのランプが、白い部屋によく映えている。

「ジュリアスさん、ベッドルームが五つ、それからお風呂が三つありますよ……！」

「落ち着け」

「二度と泊まれないような最高級の宿ですよ、見て回りたいじゃないですか。私が今まで泊まっていた、ギシギシうるさい木のベッドが一つだけある部屋とはまるで違います。木のベッドが一つで部屋がいっぱいなんですよ。基本的にベッドの上で生活するんです。寝て起きるだけですけど」

中央にある広いリビングの黒いソファに座ったジュリアスさんが、部屋をうろうろする私を呆れたように見ている。

せっかくだし、隅々まで見たいじゃない。

どこで寝ようかしら。どのベッドも天蓋がついていて、艶やかな花柄のベッドもあれば、落ち着いた黒いベッドや、白とピンク色の女子力が高そうなベッドもある。

私は一人しかいないので、もちろんベッドも一つしか使えない。もったいない。

「宿に泊まったことが？」

「ありますよ、もちろん。魔物討伐のときは、遠出をするので。今はヘリオス君とジュリアスさんのおかげで日帰りだってできちゃいますけど、その前は、ちょっとした遠征でした。一人旅ですね」

「ディスティアナでは、女の一人旅は危険なものと言われていた。長らく続いている戦争のせいで、警備隊も騎士団も機能していなかったからな。国力が衰えれば、治安が悪化する。特に国境付近の街は、無法地帯と言っても過言ではなかった」

「アストリアも、無法地帯とまではいきませんけど、やっぱりディスティアナとの国境の街は貧しくて、あまりいい状態とは言えなかったようですね。アンリ君の出身も国境の街だと言っていましたけれど、苦労したでしょうね」

「お前は、危険な目には？」

「それは最初は大変でしたよ、だって私、元々戦ったことなんてなかったですし。死んじゃう、とか言いながら、魔物から逃げ回ったこともあります。懐かしいですね」

私はうろうろと部屋を見回りながら、ジュリアスさんに言った。

リビングルームの奥にキッチンがあって、グラスやお皿などが準備されている。ラシードでのお買い物の最中に何度か見かけた食品保存庫もある。

箱の上蓋を開くと、中には冷凍石が入っていて、箱の中は冷えていた。

私は無限収納鞄からジュリアスさん用に購入したお酒の瓶を取り出すと、中に入れた。

アストリアでは、氷の中に瓶を入れて冷やしたりするのだけれど、箱の中に入れて冷やせるというのはいい。氷と違って溶けないし。

「そうか……」

「私よりもジュリアスさんのほうがよっぽど大変だったと思いますけど」

「お前は女だ。俺とは違う」

「女性でも男性でも、辛いのも苦しいのも、一緒です。大丈夫ですよ、ジュリアスさん。心配してくれてありがとうございます。アストリアは、ディスティアナよりは国が荒れていないのかもしれませんね。特に怖い目にはあいませんでした」

「お前があまり金を使いたくないことは知っているが、安宿に泊まるのはやめろ。一人では」

「気をつけます」

私は大人しく、頷いた。

そうよね、私はたまたま、運がよかっただけかもしれない。

今はジュリアスさんがいるから大丈夫なんて、気が大きくなっているけれど、自衛は大事よね。

「ジュリアスさん、お風呂に入ってきますね。お風呂、たくさんあるので、ジュリアスさんもよかったら入ってきますか？　着替え、置いておきます」

「あぁ」

ジュリアスさんが私を心配してくれるので、なんとなく照れてしまった。

私はいそいそとジュリアスさんの着替えを出してソファの上に置くと、逃げるようにお風呂に向かった。

ロジュさんにも一人旅は危ないと心配されたけれど、あのときはあまり深く考えていなかったように思う。

多分だけれど、あのときの私は失うものはなにもなくて。

死にたいと思っていたわけではないけれど、生きる理由も特には見当たらなくて。

ただ、必死で。

だから、自分自身を守ることについて、自分自身を大切にすることについて、疎かになっていたのだと思う。

今は、違う。

それがすごく嬉しかった。ジュリアスさんも私と同じでいてくれるといい。

（……多分、大丈夫よね）

ジュリアスさんは、未来の約束をしてくれた。

伸びた髪を一緒に切るという約束が、私の心の中で星の光のように輝いていた。

私が一人で入るには広すぎる浴槽には、薔薇の花弁が豪勢に散りばめられていた。

白壁の浴室には薔薇の香りが充満していて、お湯の中に体を沈めると、それはもう高貴な身分になったような感覚になれた。

私は浴槽の中で悠々と体を伸ばして、薔薇の香りを肺いっぱい吸い込んだ。

「最高すぎる……！」

思わずひとりごとが唇から零(こぼ)れた。

どう考えてもこの宿はめちゃくちゃに高級なのに、それが無料。

私は天井を見上げながらにまにましました。

超高級宿泊施設の素晴らしい至れり尽くせり感をしばらく満喫していると、不意に浴室のくもり硝子の扉がガラリと開いた。

びっくりして、私は半分横になっていた体を浴槽の中でざばっと縦に戻した。

扉を開いて入ってきたのはジュリアスさんだった。

ジュリアスさん以外だったら困る。だとしたら完全な不審者だ。

あれ？　でもうら若き乙女であるところの私の入浴中に、さも当然のように許可も得ず入ってくるジュリアスさんも、不審者なのではないかしら。

あまりにも自然体すぎて、あと、どういうわけか一緒に入ることが多いせいもあって、つい忘れそうになるのだけれど、これって普通、なのかしらね。

私は首を傾げる。

確かに街には共同浴場があるのだけれど、男女は別々に入浴している。

もしかしてディスティアナでは男女は共同浴場で混浴するのが普通なのかしら。

いえ、でも、ジュリアスさんは元公爵なのだし、共同浴場とか使用しないわよね。

だってアストリア王国のことは田舎だって小馬鹿にするぐらいだもの。

田舎だって小馬鹿にしているのだから、当然ディスティアナのほうが国として発展しているはずよね。

「は……！　あまりにも自然すぎてつい受け入れそうになっていましたが、ジュリアスさん、私、お風呂に入っているのですが……！」

特に私に声をかけるでもなく、壁に設置されたシャワー（これは私の作ったものと似ている、錬金物だと思う）を浴びて、髪や体を洗っているジュリアスさんに、私は浴槽の中から顔だけ出して文句を言った。

もしかしてジュリアスさんには私が見えていないという可能性もある。

数ヶ所あるお風呂から、偶然私が使用している場所を選んでしまっただけ、とか。

一人で入るつもりだったのに、たまたま私がいた、とか。

そういうやつかしら。

まさかね、まさか。

いえ、でもそうだとしたら、先に入っていてごめんなさい、という感じだ。

「見ればわかる」

ジュリアスさんはチラリと私を一瞥して、呆れたように言った。

呆れられたわよ。ちょっと意味がわからない。

ジュリアスさんはちゃんと私の存在に気づいたうえで、お風呂に入ってきたらしい。

なぜなの。アストリアの我が家と違って、お風呂、いっぱいあるのに。

「それにしても、似合わないなクロエ。そうも薔薇に塗れていると、確かにお前がどこにいるのか見失いそうになる」

「地味って言いたいんですね、さては」

「お前の色に比べて、薔薇が派手すぎる」

私は自分の濡れた髪を引っ張った。

ピンクブロンドの髪は確かに、艶やかな色をした赤い薔薇に比べたら大人しい色かもしれない。

ううん、確かに。

なんて納得しそうになってしまった私は、惜しげもなく立派な体躯を晒しながら水も滴るいい男っぷりを存分に発揮しているジュリアスさんに、もう一度文句を言うことにした。

ジュリアスさんはいつだか私の体とか見慣れてる、なんて言っていたけれど、見慣れているからといって好きなだけ見ていいわけではないと思うの。

確かにあんまり色気のない自覚はあるけれど、色気がないからといって恥じらう権利がないわけではないのよ。やっぱりジュリアスさん、私のことを飛竜の親戚だと思っているのかしらね。

「ジュリアスさん、私が入浴中なのを知っているのに、どうして入ってくるんですか。他にもお風呂、あるのに」

「建前と、本音。どちらが知りたい？」

ジュリアスさんは、額に落ちる濡れた金の髪をかき上げながら言った。

どう考えても私よりも色気がすごい。

街の人たちに今の私とジュリアスさんどっちがセクシーかアンケートを取ったら、満場一致でジュリアスさんになる気がする。

体に残る無数の古傷も、ジュリアスさんの美しさを全く損うものじゃない。それどころか、傷のせいで余計なお肉のない筋肉質な体が、更に美しいものに感じられる。

ジュリアスさんの裸体を前に、私の全裸など無価値なのではないかしら。つい、拝みたくなっちゃうわね。

今までにない返答をしてきたジュリアスさんに、混乱した私は、現実逃避を決め込んだ。

ほどよい温度のお湯にゆったり浸かっていたはずなのに、今はなんだか全身が熱い。

頭が茹(うだ)っているのは、のぼせそうになっているせいかもしれない。

「……え、ええと、どちらでも……！」

髪と体を洗い終えたジュリアスさんが、堂々とした立ち振る舞いでお風呂に入ってくる。

ジュリアスさんの立ち振る舞いと真逆な私は、こそこそと浴槽の端のほうへと逃げて、膝を抱えて体を小さくした。

私には華美な薔薇風呂が、ジュリアスさんにはよく似合うわね。

ジュリアスさんのための薔薇風呂なのではないかしらというぐらい、しっくりきている。

美男子はなにを着ても似合うけれど、薔薇風呂も似合っちゃうのね。

「……風呂を済ませて、酒が飲みたい。俺は魔法を使えないからな、お前がいないと体や髪を乾かすのが面倒だ。だから、ともに入ったほうが効率がいい。これが、建前。俺の主人であるお前の体に新しい傷がないかを確認する義務が、俺にはある……これも、建前だな」

「両方建前じゃないですか」

どちらもとってもジュリアスさんらしい言い分だけれど、本音ではないのかしら。

ジュリアスさんはいつも本音で生きていると思っていたのだけれど、違うのかしら。

じゃあ、本音というのは――。

「どちらも本音であり、建前だな。だが……慌てるお前の反応を見るのが面白いから、というのが一番本音に近い」

「その本音、意地悪なやつですよ」

私は頬を膨らませた。

私をからかうために私の至福のお風呂タイムを邪魔してくるとか、ジュリアスさんめ、という気持ちだ。

「お前と一緒にいると、落ち着く」

ジュリアスさんはむすっとする私を見て薄く笑った後、ぽつりと呟くように言った。

「お風呂の中でも？」

「あぁ。お前に買われたとき、お前は俺を風呂に入れただろう。……だから、身に染みついているのかもな。風呂はお前とともに入るものだと」

「卵から孵って最初に見たものをお母さんって思う、ひよこみたいなこと言わないでくださいよ」

あぁ、駄目だわ、私。

だって可愛いと思ってしまったもの。

私は両手の中に顔を隠して、もごもごと言った。そんなことを言われたら、許しちゃうわよね。頭とか、洗ってあげたくなっちゃうわよね。

「……仕方ないですね、一緒に入ってあげてもいいです、これからも」

「お前のせいだ。つまり、お前には拒否する権利はない」

「横暴すぎやしませんか」

私は両手で隠していた顔を上げると、溜息をついた。

薔薇風呂に浸かるジュリアスさんという貴重な光景が見られたのだから、よしとしようかしらね。

だって自分からは率先して薔薇風呂に入りそうにないものね、ジュリアスさん。

似合うのに。

「……じゃあ、今度また髪の毛、洗ってあげます」

「あぁ」

あのときはジュリアスさん、なにを考えているのかさっぱりわからなかったけれど、結構気持ちよかったのかしらね。

そう思うとなんだか嬉しくて、私はジュリアスさんに言った。

短く返された肯定の返事に、私はほっとした。

よかった。

出会ったばかりの頃は私もかなり強引だったし、実はわりと必死だったから、私の行動がジュリアスさんを傷つけるものではなくて、今はよかったと思う。

私の正面で悠々と薔薇風呂に浸かっている、煌びやかで雅びなジュリアスさんが、なぜか私を手招きした。

お風呂が大きいので、私とジュリアスさんの間には確かに距離があるけれど、入浴中に手招きされても困ってしまうわね。

私は気づかないふりを決め込むことにした。

膝を抱えて小さくなっていても、薔薇風呂というのは気持ちがいいものである。

「クロエ」

とうとう名前を呼ばれてしまった。

なにかしら、用事かしら、離れていても声は届くわよね。

仕方なく私はジュリアスさんに視線を向けた。

なにか見せたいものでもあるのかしら。いえ、ないわよね。お風呂なのよ、ここは。

「……なんですか？」

「顔を見せろ。薔薇が派手すぎて、お前がどこにいるのか見失いそうになる」

「絶対嘘ですよね！　さすがの私でもそこまで地味じゃありませんよ！　……え、もしや本気ですか？」

どうしよう、ジュリアスさんが冗談を言っているのか本気なのかまるでわからない。

別に意地悪く笑っているわけでもないし、なんとなく真剣な感じもするし。

薔薇風呂で存在感が薄れてしまうのなら、薔薇の咲き乱れる庭園などに行ったら、完全に存在感がなくなってしまうのではないかしら、私。

あったわよね、薔薇園。

学園内の一角にあったわよね、薔薇の庭園。

たまに気晴らしに遊びに行ったわよね、シリル様と薔薇の庭園でお話ししたことも確か、あったわよね。

もしかしてシリル様にも私が見えていなかったのかしら。今度聞いてみよう。

私は真剣に自分の色味について悩んだ。全体的に暖色だからぼんやりとしてしまうのかしら。

悩みながら、そこまで言うならジュリアスさんに顔を見せてあげようと、ジュリアスさんのほうに少し近づいた。

「あ、え……っ」

近づくと、大きな手が頬に触れた。

ぐい、と顔を引き寄せられて、なんとも間抜けな声が出た。

視界がぼやけたと思ったら唇に、少しかさついていて、柔らかいものが当たる。

食べられるような、噛みつくような口付けは、深くて長い。

首筋を大きな手がたどるのを感じる。

真っ白になった頭の中で、触れる手の感触や唇の感触だけが全てになる。

指先が、私の首筋から肩までを、なにかを確認するように丁寧に撫でた。

ジュリアスさんに噛まれた場所だ。

それに気づいた途端に、体の温度が一気に上がった気がした。

（あぁ、これは、駄目な気がする……）

体の異変に気づいたときにはもう手遅れで、私の世界がぐるぐる回りはじめて、私の意識が完全に途切れるまで、そう長い時間はかからなかった。


頭が重ぃ。

体が重ぃ。

なにか重たいものに上から押し潰されているみたいだ。

「うぇぇ……」

喉の奥から情けない声が出た。

どうやら私はベッドの上で横になっているらしい。

なんとかぱたりと体を動かすと、なんと全裸である。全裸でシーツにくるまっているとか、昼下がりの伯爵夫人みたいな姿だ。

昼下がりの伯爵夫人が、総じて全裸でお昼寝するわけではないと思うけれど、なんとなく勝手なイメージである。

けれど昼下がりの全裸の伯爵夫人は起きがけに「うぇぇ」とか、今にも嘔吐しそうな声を上げたりしないわよね。これが私と、セクシー伯爵夫人の差。

そういえばナタリアさんも全裸かそれに近い格好でよく寝ていた。

ナタリアさんもセクシーには違いないけれど、部屋の大惨事が全てを台無しにしているので、昼下がりの伯爵夫人とはちょっと違う。

　ここでどうして私が昼下がりの伯爵夫人にこだわっているかというと、ロキシーさんの食堂に来るおじさんたちがそういったことを話していたからなのよね。庶民の間では、高貴な身分の方を題材にした物語などが流行（はや）っているらしい。多分、下世話な類いのやつ。

「……無事か、クロエ」

　私をお風呂場でのぼせさせた元凶のジュリアスさんが、窓辺の椅子に座って優雅にラシード特産の白いお酒を飲んでいた。

　優雅にといっても、所作が優雅なだけで、酒瓶に直接口をつけて飲んでいるので、かなり大胆な姿だ。

　アルコール度数はどれぐらいなのかしら。そのままがぶ飲みするような代物（しろもの）じゃないと思うのだけれど。

　確かお酒を購入したときにお店の方が、果実水などで薄めて飲むと美味しいと言っていた。

　お買い物をしているとき、ファイサル様が「ラシードでは昔、水が貴重だった。今は錬金術や魔術が発展して、飲み水に困るということはない。だが、昔の名残で酒はかなり嗜（たしな）まれていて、安価で手に入る」と説明してくれた。その通りで、アストリアよりもラシードのほうがお酒の類いは安かった。

　アストリアでよく飲まれているビールや葡萄酒もあったけれど、せっかくなら珍しいものを、ということで、ラシードで伝統的に飲まれているものを買ってきた。

　なので、ジュリアスさんの飲んでいる瓶の中に入っているのは、乳酒という、家畜のミルクを発酵させて、数種類のハーブで香り付けしたものである。

「……無事じゃありません。せっかくのお風呂だったのに、ジュリアスさんのせいでのぼせたんですが……」

へろへろした声で、私は文句を言った。

「……ええと、でも、運んでくれたのは、ありがとうございます」

それからもごもごと、シーツに半分顔を隠しながらお礼を言った。

ジュリアスさんのせいだけれど、恥ずかしいし、情けない。

ベッドサイドに水差しとグラスが置かれているのを発見した私は、手を伸ばしてグラスの中の水を飲んだ。

水差しのお水には、レモンの輪切りが浮かんでいる。

グラスの水もレモンの味がする。ぷは、と飲み干すと、かなり体がすっきりした。

私は、ジュリアスさんが窓の外を見ながら淡々とお酒を飲んでいるのを確認して、そろりとベッドから降りると、いそいそと洋服を着た。

宿のサービスなのだろう。

体に羽織って腰紐を結ぶ作りになっている、艶（あで）やかな薔薇の模様の入ったネグリジェが、ベッドサイドに置かれていた。似合わない予感はすごくしたけれど、せっかくなので着ることにする。袖を通すと、さらりとしていて、肌触りが最高だ。

薄く開かれた窓から涼しい風が室内に入ってくる。そのおかげで頭がすっきりしてくる。

窓の外は完全に夜だった。

高級宿泊施設の最上階からの景色は完璧で、今はまだ点々と輝いている街の明かりと、宝石をばらまいたような星々の瞬きが目に飛び込んでくる。

もったいないぐらいに綺麗な景色だ。

どれぐらいかわからないけれど、のぼせたせいで恐らくは一時間以上まるっと記憶が吹き飛んでいるのが、残念でならない。

「貧弱だな、クロエ」

「……ジュリアスさんのせいじゃないですか。私のほうが先にお風呂に入っていたんですよ、だから入っていた時間も私のほうが長いんです。それはのぼせますよ。あんなこと、するから」

「大して、なにもしていない」

「うぅ……」

それは、ジュリアスさん的にはそうかもしれないけれど。

私は再び口の中でもごもご言った。

もう返す言葉が見つからないわね。

どうしようと悩みながら、ジュリアスさんの前に置かれている小さなテーブルに視線を向ける。

なんとも美味しそうなお酒のおつまみが、テーブルにたくさん並んでいる。

いつの間に、どこでそんな美味しそうな料理を手に入れてきたのかしら。

「まさか、ルームサービス……！」

「あぁ。適当に頼んだ」

「私が気絶してる間に、ものすごい満喫してるじゃないですか、ジュリアスさん……！」

私は夕ご飯をまだ食べていないのに。

元気になった途端にお腹が空いてきたので、私はジュリアスさんの正面にある椅子に座った。

ジュリアスさんが私の分の飲み物を差し出してきたので、ありがたく受け取った。

瓶の中身は果実水だった。グラスに注いで口をつけると、木苺（きいちご）の味がして美味しかった。

これは今日街で購入したわけではないので、ジュリアスさんが私用にルームサービスで頼んでくれていたのだろう。

ジュリアスさんなのに、気が利いている。

もしかしたら私をのぼせさせたお詫びなのかもしれない。

うん、許してあげよう。

あと、次から一緒にお風呂に入るときは適切な距離を取ろうと、私は決意した。

◆砂漠の国の夜

ラシード神聖国は、昼間は夏のように暑い。

暑いのだけれど、この暑さというのは乾いた暑さで、不愉快な感じはしないものだ。

そんな昼間に比べると、夜はかなり寒い。

この寒い、というのも、真冬の身を切るような寒さとは違う。開かれた窓からは涼しい風が室内に優しく吹き込んでいる。薄着をしすぎていると寒い、という程度の寒さだ。室内にいればむしろ過ごしやすいぐらいの。

「……これは、なんでしょうか。羊の干し肉かな。あとは、チーズと、これは、オリーブ？　スパイスのせいかな、ちょっと辛いですね」

私はジュリアスさんが頼んだルームサービスのお料理をしげしげと眺めながら、確認をした。

高級宿泊施設のルームサービスは、昼間屋台で食べたご飯とはまた違った趣だ。

一品一品、手が込んでいて、量が少ない。高いご飯は量が少ない。これもまた、世界の真理の一つである。

「ファイサルの計らいで、酒や食事も好きなだけ頼んでいいらしい。無料だそうだ。お前の好きな」

「まさか……そんな……！　なんて豪気な。恋に落ちそうです」

「クロエ」

「冗談ですよ、ちょ、いたい、痛いですって、抓らないでくださいよ。ちょっとした小粋な冗談なのに、怒らなくても」

ジュリアスさんがわざわざ身を乗り出して、正面に座っている私の頬を引っ張ってくるので、私は文句を言った。いい大人の行動じゃないと思うのよ。まさか、酔っているのかしら。

「さてはジュリアスさん、嫉妬ですね。私のこと大好きですね」

ジュリアスさんの魔の手から逃れて、私は抓られた頬をさすりながら得意気に言った。

ふふん、と、ちょっと偉そうに胸を反らせると、ジュリアスさんはじっと私を見つめる。

「何度も繰り返すが、そうだと言っている。以前から」

「……ものすごい酔っ払ってます？」

「この程度の酒では酔わない」

「うう……」

「お前は、墓穴を掘るのが上手いな。感心する」

ジュリアスさんは不機嫌そうだった表情を、愉快そうなものへと変化させた。

それから、洗練された所作で、新しい酒瓶のコルクを、コルク抜きを使って抜いた。

私はなぜか、ジュリアスさんはコルク抜きなんて使わなさそうなイメージを持っていたけれど、ちゃんと使っていた。それはそうだ、ジュリアスさんは元貴族なので。蛮族じゃないので。

手刀で酒瓶の飲み口をスパッと切るジュリアスさんを想像してごめんなさい。でも、できそう。

「それにしても、……また、お前がどこにいるのか見失いそうになる服を着ているな、クロエ」

新しく開けた酒瓶に直接口をつけながら、ジュリアスさんが私の姿を眺める。

私は自分の着ている服を引っ張った。

それはもう艶やかな花柄の、ネグリジェである。

上質な生地はさらさらふんわりしていて着心地がよくて、妖艶なデザインである。

妖艶さのかけらもない私が着てはいけない類の衣服ではあるのだけれど、準備されていたのだから、それは着るわよ。せっかく無料で泊まれるのだから、とことん満喫するのが宿やファイサル様に対する礼儀というものだ。

「大輪の花柄に負けている自信はありますね。なんせ美少女なので、大輪の花よりも清楚な小花柄が似合うんです。それが美少女というものなので」

ジュリアスさんはなにも聞こえていないかのように、無言でお酒を飲み干して、新しい空き瓶を作った。

すでに足元には数本の空き瓶が並んでいる。

そして、昼間一緒に買ったお酒以外の新しいお酒も、順番待ちしているかのようにテーブルの下に整列していた。

「……なにか言ってくださいよ」

「そうだな。お前は、……自分で美少女と言うだけあって、可愛いなクロエ」

「うわぁ……」

あからさまにわざとらしく作り上げた甘ったるい声音でジュリアスさんが言うので、私は間抜けな声を上げた。

私をわざとらしく褒めた後に、恐らくルームサービスで思う存分頼んだのだろう、ワインボトルを開けて、これも瓶に口をつけてそのまま飲みはじめるジュリアスさん。

今のは冗談だったのかしら。ジュリアスさんが、冗談を。やっぱり酔っているのかしら。

それとも元々のジュリアスさんは、実は結構、言葉遊びに付き合ってくれるタイプだったのかしら。

よくわからないけれど、なんだか面白くなってしまった。

私は口を押さえて、堪え切れない笑い声を上げた。

「ジュリアスさん、楽しいですね」

「そうか。それは、よかったな」

「でも、どれだけ飲むんですか。聖王宮での祝賀会って、明日の夕方からとか、ファイサル様が言ってませんでしたっけ？　もう準備が整ったから、私たちを迎えに来てくれたんですよね、確か。明日は飲み比べですよ。戦いです。二日酔いはいけません」

「……言っていなかったか。俺は、酔わない」

「お酒、強いのは知っていましたけれど」

「酒もだが、毒物全般に耐性がある。父の方針でな。クラフト公爵家の一人息子だった俺が毒殺されないようにと、幼い頃から毒を少量ずつ与えられて、耐性をつけた。おかげで、酒にも酔わなくなった」

「ディスティアナ皇国の治安、悪すぎじゃないですか……」

ジュリアスさんがなんでもないことのようにさらりと言ったので、私は青ざめた。

この世の中に、息子に毒を与える父親なんて、本当にいるのね。

私も公爵家の一人娘だったけれど、毒は与えられなかったわよ。

「王族は皆そうだろう。シリル・アストリアも、同じような経験をしているんじゃないか？　俺は皇族ではないが、……俺の父親は、少し変わっていたからな」

ジュリアスさんに変わっていると言われるお父さんとか、どんな人なのかしら。

今はもう亡くなってしまったジュリアスさんのお父様に、私は想いを馳せた。やっぱり、ジュリアスさんに似ていたのかしらね。

「ジーニアスさん、でしたね」

「あぁ。よく覚えているな」

「ジュリアスさんが、昔のこと話してくれるの、珍しいですから。覚えていますよ」

「ジーニアス・クラフトと、シトリン・クラフト。父と母だ。……ずっと思い出すことも、なかったが。……名前を呼ぶのも久しぶりだ。……懐かしいものだな」

「優しいご両親だったんですね。……ジュリアスさんの声が穏やかなので、なんとなく、わかります」

「……父は変わり者だったが、多分、俺にとってはいい父親だった。飛竜の卵を俺にくれたのも、父だった。父がいなければ、ヘリオスと会うこともなかっただろうな」

ジュリアスさんのお父様は、多分、皇帝オズワルドに命を奪われている。

なにがあったかまで、詳しいことはわからないけれど、オズワルドの側には、きっと――悪魔がいる。

ジュリアスさんのお父様も、私のお父様と、多分、同じ。

けれどジュリアスさんはなにも言わなかった。

私も、それについては触れることはなかった。

今はまだ、触れないでいたい。

きっと、話をしなければいけないときが来ると思うから。

ディスティアナ皇国に、行かなければいけない日が必ず来る。そこには、オズワルドと、ミンネ様の姿をしたサマエルがいる。

私は、ジュリアスさんと一緒にいよう。なにがあっても、離れたりしない。

だってそうしないとジュリアスさんは――。

「クロエ。飲みすぎた。少し、風に当たる」

「そうですね、飲みすぎです。ジュリアスさん、酔わないって言ったばかりじゃないですか。大丈夫ですか、ふらふらしますか？」

不意に立ち上がって、大きな窓の外に続く広いバルコニーに出ていこうとするジュリアスさんを、私は追いかける。

足取りが、ふらついている気がする。珍しいこともあるわよね。

床に散らばっている酒瓶の量を思えば無理もない気がするけれど、だとしたら、毒に耐性があるという過去の話はまさかの冗談だったのかしら。

ジュリアスさん、本気と冗談の境目がよくわからないから、私は基本的に全部信じてしまうのよね。

いえ、明らかに嘘くさい褒め言葉は、嘘ってわかるんだけど。

ジュリアスさんの背中を支えながらバルコニーに出る。吹き抜ける風が、薄手のネグリジェを揺らした。

ラシードの夜は、空気が澄んでいるせいか、星がよく見える。

宝石を散りばめたような星空に向かって、眼下に広がる街から蛍火のような光が、あちらこちらからふわり、ふわりと浮かんでは消えていく。

「……すごく、綺麗ですね。綺麗なのに、少し悲しいですね」

蛍火は、魔道具でできている魔灯籠（まとうろう）の明かり。

球体の中に魔法の炎が灯っていて、空に向かって浮かび上がり、空の先で燃え尽きて、消えていくもの。

アストリアにも同じものがある。

アストリアの場合はお祝いやお祭りのときに、派手に空に浮かべるものだけれど、ラシードではそれは鎮魂（ちんこん）の明かりだと、レイラさんが教えてくれた。

夜になると、戦死者を悼み、街の人々が炎を空へと舞い上がらせるのだという。

「クロエ。……俺は、必ずお前を守る。なにを、してでも」

ふらついていたように見えたのだけれど、それは演技だったのかもしれない。

ジュリアスさんは星空を見上げていた視線を私に移すと、私の体をすっぽりと腕の中に抱き込んだ。

苦しいぐらいに抱きしめられて、私はジュリアスさんの服をぎゅっと摑んで引っ張る。

今の言葉は、あんまりよくない。

「やめてくださいよ、縁起でもない。私はジュリアスさんと一緒にいます。私がジュリアスさんを守ってあげます。結構強いんですよ、私」

「……そうだな。お前は、強い」

「ええ。なんたって、天才……っ」

いつもの台詞（せりふ）を言い終える前に、噛みつかれるように唇が重なった。

強いお酒の香りがして、頭がくらくらした。

◆二日酔いの朝

朝目覚めたら、記憶がすっかり飛んでいた。

そして頭が締めつけられるように痛くて重たかった。

二十年間生きてきた中で、こんなことは初めてだ。痛む頭を押さえて、私はベッドの中で「うぁぁ」と呻いた。

こんなとき、どんな声を出して呻けばいいのかよくわからない。

やっぱり、自称美少女としては「ふぇぇ」とか言うべきなのかしら。わからないわね、そもそも美少女は記憶を飛ばして頭が痛くなる――いわゆる二日酔いに、なったりしないのだろうし。

「……うるさい、クロエ」

私の隣から、ご機嫌の悪い声がする。

そういえばジュリアスさんが隣で寝ていたことを思い出し、痛む頭を押さえながら、私は起き上がった。

ベッドルームもいっぱいあるのに、ジュリアスさんが隣で寝ている。

昨日は一体なにがあったのかしら。どうして私は二日酔いなのかしら。

病気とかじゃないだろうし、この症状は二日酔いとしか思えない。

私は二日酔いに詳しい。ロキシーさんの食堂にお昼ご飯を食べに行くと、二日酔いの傭兵団や冒険者のおじさまたちとよく遭遇するからである。

おじ様たちは頭を押さえながら「うおおお……飲みすぎた……ロキシーさん、二日酔いには迎え酒が一番」などとよく言っている。そしてロキシーさんに怒られて、水をがぶがぶ飲んでいる。

「ジュリアスさん、なんと私、二日酔いなんですけれど……そして記憶がないんですけど、なにが起こりましたか」

片手でこめかみを押さえながら、ジュリアスさんを覗き込む。

そういえば、こうして朝を一緒に迎えるのって結構新鮮だ。

いつも一緒に寝ているといえば寝ているのだけれど、ジュリアスさんは危険なことがなければ結構よく寝る人だ。

何年もきちんとしたベッドで眠ることができなかった分を取り戻すように、朝もゆっくり眠っていることが多い。

私としても特に急ぐ予定がなければ、ジュリアスさんを寝かせておいてあげたいと思う。

早起きな私は先にそろりとベッドから抜け出すと、朝食の支度をしたり、お掃除をしたり、お店の準備をしたり、依頼の錬金物を作ったりして、ジュリアスさんが起きてくるまでそっとしておく。

それなので、こうしてベッドの中で同じタイミングで起きるということは、あまりないように思う。

第一声が、「おはよう」とかじゃなくて、「うるさい」なのがジュリアスさんらしいわね。

にこやかにおはようと言ってくるジュリアスさんなんて想像できないので、むしろ「うるさい」と言ってくれてよかった気がする。安心感がすごい。

「……二日酔い。あぁ、……そうか」

のそりとジュリアスさんも起き上がる。

私が着ていたものと同じタイプの、腰紐でとめるタイプの寝衣を着ている。黒地に鈴蘭の模様が艶やかなそれが乱れて、首や筋肉質な胸や、腹筋の浮き出た腹が剝き出しになっている。

眠そうに髪をかき上げる仕草さえ様になっている、寝乱れたジュリアスさん。

カーテンの隙間から差し込んだ朝の光が、ジュリアスさんの金色の髪を艶々と輝かせている。

首の後ろの刻印や、首に巻かれた南京錠の首飾りや体の引き攣れた傷が、――それらは全てあまりよくないものなのに、ジュリアスさんを艶やかに飾りつけている気さえする。

朝から色気がすごいわね。私は感心しながらジュリアスさんを眺めた。

「……クロエ」

ちらりと私に視線を向けたジュリアスさんが、呆れたように嘆息した。

それから私の胸元を指さしたので、私は自分の姿を確認するために、胸元に視線を落とす。

ジュリアスさんが寝乱れているということは、私も同じということで。

私は「わー」だの「ああー」だの間抜けな声を上げながら、ざっくり開いていた薄手のネグリジェの前合わせを引っ張って直した。

これでも花も恥じらう二十歳の乙女なので、散々一緒にお風呂に入っているとはいえ、素肌を晒すのは恥ずかしい。

腰紐でとめるタイプのネグリジェはよくない。最終的に、寝起きにはほぼ腰紐しか無事じゃないことがよくわかった。

「うう、頭が痛い……どうしてお酒飲んでいたジュリアスさんじゃなくて、私が二日酔いに……」

「覚えていないのか、クロエ」

「バルコニーに出て、風に当たりましたね。それで、それから……ええと」

「覚えていないのなら、思い出さないほうがいいかもしれないな」

「なんでそんな意味深なこと言うんですか……！　気になるじゃないですか……」

一体なにがあったのかしら。

気になりすぎて、ジュリアスさんの腕を引っ張る。ジュリアスさんは、なにか言いたげに私を見た後、薄く笑った。

「俺が、散々飲んでいたせいで、俺の唾液に混じったアルコールを飲み込んで、お前はすぐに泥酔した」

「……その言い方、なんか生々しくて嫌なんですけど……。せめてキスしたから、とか、言ってくださいよ」

「俺とキスをしたせいで、お前は酔った」

「うわ、似合わない」

どうしよう、朝からジュリアスさんが面白い。

ひいひい声を上げて笑いそうになる。我慢しようとすると、お腹が痙攣(けいれん)してしまう。

笑うのを我慢したせいで更に頭が痛くなってくる。

「……その後お前は、部屋に戻って服を脱ぎ出し、部屋の真ん中で踊りはじめたから、無理やりベッドに押し込んで、寝かせた」

「うわぁ……！」

聞かなきゃよかった。

お酒なんてほんの少ししか飲んだことないから、泥酔した経験なんてもちろんない。

私は酔うと、全裸で踊る癖があるのね。知らなかった。

両手で顔を押さえて、なんてことなのと、羞恥心に打ちひしがれている私の耳に、ジュリアスさんの喉の奥で押し殺したような笑い声が聞こえてきた。

「……安心しろ、嘘だ」

「なんのための嘘なんですか……」

「脱ぎはじめたのは本当だが。……お前は、あまり人前で飲まないほうがいいな。酒は、やめておけ」

もうなんだかよくわからない。私は結局全裸で踊っていないのかしら。

「結局なにがあったんですか……？」

「大したことは、なにもない」

「……私、ジュリアスさんに迷惑かけてません？　例えば、思いっ切り吐いた、とか」

「吐いてはいない」

なにか、言葉に含みがあるような気がするのだけれど。

ジュリアスさんは先にベッドから降りて、グラスにお水を入れると、私にくれた。

喉もひりついていたし、頭も痛かった私は、ありがたく受け取ってお水を飲んだ。

酔っ払った後のことを思い出そうにも、頭が真っ白で、なにも思い出せない。

ともかく服は脱いだらしい。気をつけよう。脱ぎ癖があるのね、私。知らなかった。

「……今日、祝賀会があるのに、二日酔いとか……せっかくの豪華なご飯が、食べられないかもしれません」

グラスを両手で持って、私はぶつぶつ呟いた。

高級宿泊施設と、私は相性が悪いのかもしれない。お風呂ではのぼせるし、泥酔して記憶はなくなるし。

よく考えたら全部ジュリアスさんのせいなのだけれど。

「ジャハラが、砂光蟲の粉末は、魔力回復と、二日酔いにもいいと言っていたな。食べるか、クロエ」

「嫌ですよ……！　やっと蟲ご飯生活から卒業したばかりなのに。苦いんですよ、あれ」

「体にはいいらしい」

「よくても嫌ですよ……お水飲めば治ります、あと一時間寝ていいですか、早寝早起きが信条の私ですが、旅行中は特別です……」

「……そうだな。ファイサルたちが迎えに来ると言っていたが、……どうせ、あの二人もそう早くは来ないだろう。来たとしても、待たせておけばいい」

ジュリアスさんが、私の手から空のグラスを受け取って、テーブルに戻してくれる。

それからベッドにぽすんと横になった私の隣に体を滑り込ませて、私の体を腕の中に抱き込んだ。

大きくて逞しい体に抱きしめられた私は、なんだか緊張してどきどきしてしまって、眠気が吹き飛んでしまった。

ジュリアスさんを腕の中から見上げると、目を伏せて、規則正しい寝息をたてていた。

視線を巡らせると、ジュリアスさんの首筋に、小さな赤い跡が残っていた。

記憶の断片が、頭をよぎる。

泥酔した私は、「ジュリアスさんばっかりずるいです」とか言いながら、ジュリアスさんの肩のあたりを噛んだような、噛んでないような……！

死ぬほど恥ずかしい。酔っ払った私、なんて大胆なことを。

忘れたことにしておこう。うん、それがいいわね。

私は顔を真っ赤に染めながら、ジュリアスさんの胸に額を押しつけた。

◆クロエ・セイグリットは酒癖が悪い

クロエの体からくたりと力が抜けて、細い腰を支えた。

かつては男が怖いと言っていたクロエだが、俺が触れても怯えたように震えることはない。

――恐らくは、受け入れてくれている。

それは理解している。他の人間に対するものとは違う感情を、抱いてくれていることも。

だがクロエは年齢のわりに、反応が幼い。

シリル・アストリアとは婚約者であったようだが、すぐにあの男はアリザという女に心を奪われた。

クロエはその後、王都に捨てられて錬金術師として身を立てることに必死だったようなので、男女のそういった経験に乏しい。

いや――ロジュを筆頭に、クロエになんらかの感情を抱いていた男は少なくなかったかもしれないが、クロエは拒絶していたのだろう。拒絶していたから、向けられる感情に疎いのだろうと思う。

それぐらい、男というものに対する拒否感が強かったはずだ。

無理もない。クロエの味わった恐怖を思えば、未遂とはいえその場にいた男たちの首を全員切り落としてもいいぐらいだ。

そんなクロエにとって、俺はどうやら特別、らしい。

悪くない。いや、気分はいい。

かといって、これ以上を求めているわけでもなく、欲望や欲求を満たすことが、今以上のなにかを生むとは思わない。

別に、今のままで構わない。

そう思っていた。

けれど、それも言い訳だろう。

——まだ、終わっていない。

クロエの顔を見て、声を聞いていると、ここは戦場ではないのだと、思い出すことができる。

けれどやはり、終わってはいなかった。

オズワルド・ディスティアナの顔を見て、声を聞いて、言葉を、噛みしめて。

なにもかもが繋がっているのだと、理解した。

だから今はまだ、俺はクロエの奴隷のままで構わない。クロエを残して死ぬつもりはないが、その可能性があるうちは。感情のまま手に入れてしまうには、あまりにも、この世界は——脆い。

「クロエ、……おい、クロエ」

とはいえ少しぐらいは感情に身を任せてもいいかと、風呂場で戯（たわむ）れてみたら、クロエはあっさりのぼせた。

そしてようやく目覚めたクロエに、酔ったふりをして欲求のまま触れてみたら、今度はどういうわけか、ぐったり体から力が抜けた。

大したことはしていないつもりだ。だが、思った以上にクロエは、艶事については幼いのかもしれない。

俺にしがみつくようにしているクロエの顔を覗き込むと、クロエは口元にだらしない笑みを浮かべて、ぼんやりした瞳で俺を見た。

頬が色づき、瞳が潤んでいる。

これは——。

「……あたまが、ふわふわしますね」

たどたどしい口調で、楽しそうに言うクロエは、確実に酒に酔っていた。

一滴も飲んでいないのによく酔えるものだと感心する。

雰囲気で酒に酔うこともあるというが、そもそも俺は酔っていない。毒に耐性があることも、酒に酔わないことも本当だ。父は変わり者だった。「ジュリアス、食事に毒が混じっている可能性を常に考えたほうがいい」などと言って、毒耐性をつける訓練をさせられた。

「あぁ、俺のせいか……」

自分の唇を軽く舐めると、強い酒の味がする。

舌や唾液に残っているアルコールでこうもすんなり酔えるものだろうか。

体から力が完全に抜けているクロエを抱き上げて、部屋に戻る。

とりあえず寝かせたほうがいいだろうと、適当にベッドに放り投げようとすると、クロエは力の入っていない腕で、俺の腕にしがみついてきた。

「ジュリアスさん、ジュリアスさん」

「……なんだ」

「なんだかふわふわして、楽しいですね」

「もう寝ろ」

「楽しいのに、寝るの、嫌ですー」

へらへら笑いながら、クロエは腕にしがみついていた手を、俺の首に回した。

自分から抱きついてくることなど滅多にないクロエの行動に、俺は眉間に皺を寄せる。

酔っている女に手を出すつもりはないが、無理やり引き剝がすと面倒なことになりそうな予感がした。

「ジュリアスさん、今日も格好いいですね、どの角度から見ても男前ですね」

にこにこしながら、俺の顔をじろじろ見てくるクロエを抱き上げたまま、仕方なく俺はベッドの端に座った。

しばらく相手をしていたら、そのうち眠くなるだろうか。

気絶させてもいいが――もう少し、見ていてもいい気がしなくもない。

自分から率先して酒を飲んだりしないクロエの、珍しい姿だ。酒癖がどれほど悪いのか、確認しておく必要はある。

「今日は楽しかったですね、珍しい服に着替えて、お買い物をして、ご飯を食べて。すごく、楽しかったです」

「そうか。……よかったな」

「遊ぶっていうんですよね、こういうの。遊ぶ？　デート？　デートでいいんですよね、ジュリアスさん、私のこと好きって言ってましたもんね。だから、デート」

「そうだな」

「好きな人とデートしたのは、初めてです。なんだか、恋人みたいで、いいですね」

「……あぁ」

それはもう嬉しそうに笑いながら、クロエは言った。

できれば、酔っていないときに聞きたかったと思う。

いや、酒に酔っているからこそ、思ったことを全て口に出しているのだろうとは思うが。

「ジュリアスさんはいつも私を助けてくれて、一緒にいてくれて、それで、格好よくて、強くて、……大好きですよ」

「…………そうか」

いろんな意味で苛々（いらいら）したので、今すぐ手刀で首筋でも叩いて、気絶させて寝かせてやろうかと思う。

俺の膝の上に向かい合わせに座ったクロエが「あつい」などと言いながら自分の服を脱ごうとしている。絡み癖のうえに、脱ぎ癖まであるようだ。

たちが悪い。

「ジュリアスさん、胸板が厚いですね。もしや私よりも巨乳なんじゃ……絶対私よりも胸囲がありますよね。ほら、大胸筋がすごいことに」

クロエは胸元まで自分の寝衣をはだけさせた後に、自分の体と比べるようにして、俺の体を手のひらで無遠慮に触りはじめる。それから、なにかに気づいたように、俺の胸や首をつついた。

「ここと、ここにも傷がありますね。ここにもありますよ。傷だらけですね、ジュリアスさん。……治してあげたいけど、傷がある体も、格好いいと思います。ジュリアスさんは格好いい。人類共通の常識ですね」

「お前の好みを人類共通認識にするな」

「私の好み、ばれてましたか」

「……物好きだな」

「そうみたいです」

「……クロエ」

「あ！」

一瞬、血迷いそうになってしまった。

酔って絡んでくる浮かれたクロエを、抱きたいと思うなど、どうかしている。

血迷いそうになったところで、クロエが大きな声を上げたので、かろうじて正気に戻ることができた。

「ジュリアスさん、私の首、噛みましたよね。飛竜の愛情表現だって。ジュリアスさんばっかり、ずるいと思うので、私もしていいですよね？」

「……なにを」

「だから、愛情表現ですって」

クロエは躊躇なく俺の首筋を甘噛みした。

柔らかい唇と、小さな歯が皮膚に触れる。痛みはない。

酔っているからだろう、白い肌が上気して薄く色づいている。

「お前……」

自分でも驚くほどに低い声が出た。喉が渇く。

「ふふ、跡がつきましたよ、ジュリアスさん」

クロエは俺から唇を離すと、得意気に笑った。いつもよりも艶のある笑みに、いっそこのまま――と、再び血迷いそうになる。

無邪気に笑っているクロエが、跡がついたらしい俺の首筋を、小さな手の華奢な指先で撫でた。俺の真似をしているのだと気づき、酒に酔うことを知らない体が熱を持つのを感じた。

眉間に皺を寄せて、深く息を吐き出した。

これはもう駄目だと判断した俺は、クロエの体をベッドに放り投げた。

面白いぐらいに弾んだ後に「きゅう」と奇妙な声を上げて、クロエは意識を失ったようだった。

酒気のせいで、眠気も限界だったのかもしれない。

呑気にすやすや眠りはじめるクロエを見下ろして――少しぐらいはやり返してもいいかと思い、俺は口元に笑みを浮かべた。

眠りから目覚めたら、どの程度覚えているものだろうか。

忘れていたとしても覚えていたとしても、途中で気づいたとしても、その反応を眺めるのは、きっと楽しいだろう。

◆恩賞授与と祝賀会

肌触りだけで高級だとわかるドレスは、胸の下で切り替えが入っていて、ふんわりと膨らんでいる。いつぞやの花嫁選びのときとは違い、今回はコルセットの中に無限収納鞄を仕込んでいないので、締め上げるには締め上げられているけれど、苦しさは多少楽、といったところ。

これならご飯が食べられそう。

幾重にも重ねられたシフォンの生地は、薄いピンクから水色と、薄紫が重ねられていて、華やかさもありながら夕暮れの空を連想させる落ち着いた色合いである。

胸の下には大きめのリボン、シフォンのスカートには、小さな宝石が縫いつけられている。動くたびにきらきらと光る宝石。首元や肩口は、花の形をした繊細なレースになっている。

ハーフアップに編み込んでもらった髪には、青い花が飾られている。

レイラさんが手配してくれた侍女の皆様が、ファイサル様やレイラさんに連れられて聖王宮に到着した私を、頭のてっぺんから爪の先まで磨きに磨き上げてくれた。

二日酔いの私は、時々うえうえしながら、ずっとぼんやりしていた。

なんとはなしに、思い出せそうで思い出せない記憶がある。思い出さないほうがいいかもしれない。

とりあえず、当面お酒は飲みたくない。元々そんなに飲んだりはしなかったのだけれど。

ごくたまに、「自分へのご褒美～頑張った私～」などとうわついたことを言いながら、一口二口飲む程度だったのだ。それも、すごく弱い、ジュースのようなお酒を。

ジュリアスさんが飲んでいたお酒、よっぽど強かったのね。私は飲んでいないのに、お酒を飲んでいたジュリアスさんとキスしただけで、二日酔いになるとか。そんなことってあるのね。

思い出すと恥ずかしさでどこかの穴に入って隠れたくなるけれど、ともかく二日酔いは辛い。

「クロエ！　すごく、可愛いわ！　いつも手入れを怠っているのが、本当にもったいないわね……！」

聖王宮の奥の部屋で準備を終えた私を、レイラさんが迎えに来てくれた。

駆け寄って私の手をぎゅっと握りしめて、嬉しそうに微笑んでくれるレイラさんは、どこからどう見ても妖艶な美女だった。

「レイラさん、おいくつでしたっけ……」

「二十歳よ。一緒でしょ」

「この差は一体……」

卵を挟んで潰せそうなほどのレイラさんの胸の谷間で、おおぶりの宝石が輝いている。

ふっくらとした赤い唇と、瞬きするだけでばさばさと音がしそうなほどの長い睫毛。体にぴったりした赤いドレスはスリットが入っていて、形のいい白い脚が覗いている。

アストリアでは、脚を露出させるのは品がなく、それこそ――娼館の女のようだと言われて敬遠されていたものだけれど、レイラさんの姿は妖艶であり品もある。

本当に、傾国の美姫ね。ファイサル様が心配で仕方ない気持ちが理解できる。私は感心しながらレイラさんを見つめた。

同年齢なのに、レイラさんと私の格差がすごい。

「隣の芝生は青く見えるというわよね、クロエ。私だってクロエみたいに、可愛い容姿になりたかったと思うこともあるわよ？」

「私はレイラさんみたいな容姿に生まれたら、男性を手玉にとって、たくさんご飯を食べさせてもらいますね」

「それは無理ね、クロエ。だって、クロエにはジュリアスがいるじゃない。私にファイサル様がいるように」

「……ま、まぁ、そうですけど……」

「歯切れが悪いわね、クロエ。昨日は、大変だったでしょう？　朝から眠そうだもの。私もまだ眠いのよね、ファイサル様と、誰にも邪魔をされずに二人きりになったのは久しぶりだったから、しつこくて」

「れ、レイラさん、そういうのはあんまり大きな声では……！」

なんだかすごく勘違いされている上に、ものすごく大胆なことを言ってくるレイラさんに、私は慌てた。

私はただの二日酔いである。レイラさんたちとは違う。

慌てる私に、レイラさんは悪戯（いたずら）好きな猫のように口元を笑みの形に吊り上げた。

「ファイサル様、お酒を飲みはじめるとしつこくて。ラシードは昔からお水の代わりにお酒を飲む習慣があってね、そのせいで、ラシードの人間は大抵お酒に強いのだけれど……ファイサル様も滅多には酔わないのだけれど、いろいろあって疲れも出たのでしょうね。あと、少しゆっくりできたことで気が抜けたのか……珍しく泥酔して」

「泥酔ですか」

私と同じだ。

私の場合はジュリアスさんのせいだけれど。

「ええ。見事に酔っ払って、なかなか寝つかずに今までのことを私に謝ったり、後悔したりしながらぐすぐす泣くものだから、宥めるのが大変で」

「それは大変でしたね……」

ファイサル様も抱えているものが多そうなので、感情の箍が外れると、大変なことになりそうではある。

どうしよう、私も同じだったらどうしよう。

全然思い出せないのだけれど、泣きながらジュリアスさんに絡んでいたらと思うと、とてつもなく申し訳ない。

今朝のジュリアスさんの機嫌がそんなに悪くなさそうだったのが救いだ。

悪くなさそうというか、機嫌はわりとよさそうだった。

二度寝した後に部屋の様子を確認したら、頼んでいたルームサービスは全て食べていたようだし、大量のお酒も全て空き瓶にしていたようなので——私が泥酔して眠った後も、ジュリアスさんは高級宿泊施設を満喫したようだ。私よりもよほど満喫している。

これで不機嫌だったら、高級宿泊施設と、お金を出してくれたファイサル様にごめんなさいという感じだ。

「朝起きてもしっかり記憶が残っていたらしくて、落ち込んでいたわよ。あんまり落ち込むものだから、励ますのも大変だったわ」

「レイラさんは優しいですね」

「生真面目で面倒なところが、ファイサル様のいいところだから。……少し悩みすぎよね、と思わなくもないけれど、私がいるから大丈夫ね、きっと。たまには羽目を外していただいて、息抜きをさせないと、聖王の重圧に負けて、胃に穴が空くかもしれないわね」

「聖王の重圧で、胃に穴が？」

「そうそう。ラシードでは、魔法とともに医術も研究されていてね。精神的に辛い状況が続くと、胃に穴が空くそうよ。クロエも気をつけて」

「私は、いつもご飯が美味しいので、多分大丈夫だと思います。でも、気をつけますね。ジュリアスさんも多分大丈夫だと思うけれど、気をつけるように伝えておきます」

「ジュリアスは大丈夫でしょうね、きっと」

　レイラさんは肩をすくめた。

　それから、「さあ、行きましょう。今日はファイサル様とジュリアスが、飲み比べをすると言っていたわね。聖王宮の宝物庫に保存されていた、二千年前のお酒を振る舞うとかなんとか」

「二千年前のお酒……ナタリアさんも楽しみにしていましたね、それ」

「ナタリアさんは、先に到着しているみたいね。ドレスに着替えてもらおうとしたみたいだけれど、そんなものを着たらお酒がまずくなるとかなんとか言って断られたと、聖王宮の侍女たちが言っていたわ」

「ナタリアさん、もう飲んでいるんでしょうか……」

「そうらしいわよ、見に行きましょう。ジャハラヤルトも、クロエに会いたがっているわ」

レイラさんにエスコートされて、私は大広間へと向かった。

宝石が散りばめられた繊細なヒールの靴は走るのには適していないし、普段ではまず履かないものだ。

ドレスも、靴も、髪も——綺麗にしてもらった。

少しは、見られる姿になっただろうか。

いいえ、元々私は美少女なのだけれど、それとこれとは別問題で、飾り気のない天然美少女を売りにしている私であっても、やっぱり着飾ると、気分が違う。

などとごちゃごちゃ心の中で言い訳を繰り返した。

どうも、緊張しているみたいだ。

前回ドレスを着たときは、聖王宮への潜入という理由があったけれど、今回は違う。

着飾った姿を見て、少しは褒めてくれるかしら。

私は「クロエ、可憐だな」と言って私に微笑むジュリアスさんを想像してみた。

あまりにも似合わないので、ちょっと笑いそうになってしまった。


大広間には、たくさんの人々が集まっていた。

楽隊の方々がどことなく陽気な感じの音楽を演奏している。大広間の中央では、煌びやかな宝石と、腹部や脚が露出した衣装を身に纏った踊り子の方々が、美しい踊りを披露している。

「すごい。なかなか、刺激的な姿ですね……！　アストリアでは、あんな衣装を着た方々は見たことがないです」

「ラシードでは、肌の露出はそこまで敬遠されていないわ。あのような姿で踊る踊り子たちは、神への奉納の舞を捧げる巫女の役割もあるの。特に腹部や、脚の露出は、豊穣の象徴とされていて、ありがたいものなのよ」

「確かにとてもありがたい感じがします。とっても綺麗ですね」

「ええ。勝利を祝ったり、それから、季節の節目を祝ったり、雨を呼んだり、神への感謝を捧げたり……踊り子たちは、聖殿に所属している者も多いの。ただ、シェシフ様が聖王であったときは……その、あまり、聖王宮に呼び寄せることはなかったのだけれど」

「見初められてしまうかもしれなかったからですね」

「そう。今となっては……シェシフ様がどこまで本気だったのか、よくわからないのだけれどね。聖王宮に集められた女性たちは、きちんと対応をして、家に帰したそうよ。ファイサル様はなんというか、朴念仁だから、そのあたりもかなり苦労したようだけど」

「目に浮かびます」

シェシフ様が侍らせていた女性たちへの対応に苦心している、ファイサル様の様子が目に浮かぶ。

それは泥酔して、泣きながらレイラさんに甘えたくなってしまいたくもなるわよね。

私がファイサル様だったら、レイラさんに甘えたい。膝枕とかしてもらいたいし、よしよししてもらいたい。そういう、母性的ななにかが、レイラさんにはある気がする。同い年なのだけれど。

「レイラ！　クロエも、待っていた。なかなか来ないから、心配していた」

貫禄のある年嵩の貴族男性の皆様に囲まれていたファイサル様が、私たちのほうへと駆け寄ってくる。

ジュリアスさんもファイサル様と一緒にいたようで、その後をゆっくりと歩いてくる姿が見える。

ジュリアスさんは、ラムダさんを筆頭に竜騎士の方々に囲まれていたらしい。

女性たちに囲まれていなくてよかった。またエライザさんみたいに道を踏み外してしまう女性が現れたら大変だ。

ファイサル様やジュリアスさんを、貴族の少女たちは遠巻きに見ている。

屈強な兵士たちやら、迫力のある貴族男性やらにしっかり囲まれていたので、近づくことができなかった様子だ。

「女性はいろいろと準備がありますのよ、ファイサル様」

「レイラ、君が美しいことは十分わかっている。今日のドレスもそれはもう似合っているが、少々露出が激しすぎるのではないだろうか……」

「本当は踊り子の衣装を纏って、私も祝いの舞いを披露したかったのですわ。鉄扇での戦勝の舞踏、それはそれは勇ましく、祝賀会には相応(ふさわ)しいものですのよ」

「確かに踊り子の衣装は神聖なものだが、どうかやめてくれ……皆に君の滑らかな肌を見せるなど、耐えられない。どんな服を身に纏ってもレイラは美しい。だから、そんなに脚を出さなくても……」

「仕方なく譲歩したドレスです。きわめて控えめな露出です」

ドレスを褒めているのか、レイラさんの露出を嘆いているのかよくわからないファイサル様に、レイラさんがぷんすか怒っている。

だいぶ見慣れてきた光景だ。ファイサル様の気持ちはわかるけれど、どうにも一言多い。

ファイサル様は、白地に黒薔薇の描かれた衣服を着ている。

かつて聖王シェシフ様が纏っていたものとよく似ている。

けれどシェシフ様のように宝石で体を飾っていない。どこか無骨で、簡素な印象がある。

それでもファイサル様の体格がとてもいいせいだろうか、その体自体がある種の彫刻のようで、衣服の飾り気のなさがファイサル様の雄々しさを、より一層際立たせているように感じられる。

「……控えめな、露出」

私の前までやってきたジュリアスさんが、私の姿を上から下まで眺めて、ぽつりと言った。

ジュリアスさんは、ラムダさんが着ているような、恐らくはお祝い用の黒い騎士の衣服を身に纏っている。

片方の肩には、短めの赤いマント。細身の繊細な金のチェーンで、反対側の肩にとめられている。

なにを着ても似合うジュリアスさんだけれど――まさしくそれは、上品かつ怜悧(れいり)な黒太子、という様相だった。

うん。格好いい。

今のジュリアスさんなら「ドレスを身に纏ったお前は可憐だな、クロエ」と言っても、そんなに違和感はない気がする。

けれど開口一番、「控えめな露出」と言われた。

もうすでに意味がわからない。

「それは、あれですか、さては私の胸部が控えめだと言いたいんですか……！」

「別に」

「今あからさまに視線を逸らしましたね……！　ほら見てくださいよ、ジュリアスさん。可愛いでしょう、可愛い。名実ともに可愛い美少女の私ですよ、ほらほら」

「……二十歳のな」

「年齢なんて飾りです」

「……そうだな」

にっこり微笑んで、「可愛いな、クロエ」などと言わないジュリアスさん、いつも通りすぎて安心しちゃうわね。

ふわふわのスカートを持ち上げてよく見てくださいとジュリアスさんの前で回転した私を、ジュリアスさんはじっと見た後に、なぜかやや不機嫌そうに嘆息した。

「いつもの服のほうがいい。あの、地味な」

「エプロンドレス可愛いじゃないですか。地味とか言いながら、エプロンドレスが好きとか、エプロンドレスの魅力に気づいちゃった感じですか」

「……今のお前を、他の男に見せるのは不愉快だ」

「ひぇ……っ」

ジュリアスさんが私の腕をぐい、と引き寄せて、耳元で密やかに囁いた。

思いのほか甘い声音でものすごいことを言われた私は、耳を両手で押さえて顔を真っ赤に染めた。

「……色気がないな、クロエ」

「……からかわないでくださいよ」

「本気だ」

「うう……」

プエルタ研究院での療養後から、ジュリアスさんの距離が今までになく近い気がする。

今までも近かったのだけれど——どうにも、落ち着かない。

心臓が悲鳴を上げている。

ジュリアスさん、いつも以上に格好いいし、そういうことを言うのは反則だと思う。

「……見た目は多少大人らしくなったが、中身は変わらないな」

ひいひい言っている私を見ながら、ジュリアスさんが小馬鹿にしたように笑った。

せっかく整えてもらった髪を、手を伸ばしてぐしゃぐしゃと撫でようとしてくるので、頭を押さえながら私は逃げた。

「お二人とも、お元気そうですね。クロエさんもすっかり体調が戻ったようでなによりです。そして、相変わらず仲良しですね。いいことです」

にこにこしながら、ジャハラさんが人混みから顔を出した。

その後ろでは黒いドレスを着たルトさんが、嬉しそうに微笑んでいる。

ジャハラさんも、金色の美しい薔薇の刺繍が施された黒いローブを着ていて、ルトさんと色合いが似ているせいか、どことなく姉弟のように見えた。

年下の少年に微笑ましく思われてしまったのが恥ずかしい。

ジャハラさん、本当はものすごく年上とかじゃないのかしら。見た目は少年だけれど。

いいえ、ないわね。プエルタ研究院の職員の方から、ジャハラさんは十代だと聞いたものね。

『砂光蟲の粉末は、役に立ちましたか』

ルトさんが尋ねた。声は出ていない。魔力による念話だろう。

ルトさんは首の器具を隠すためだろうか、首に黒いスカーフを巻いている。

以前はどこか思い詰めていた印象が強かったけれど、今はどことなく穏やかな雰囲気がある。

「はい！　おかげ様でとっても元気になりました。かなりの量を、食べさせてもらったので」

「それはよかったです。砂光蟲の粉末は、味は悪いですが魔力の回復に役に立ちますから。ラシードのお土産に、数袋準備したんですよ。持って帰ってくださいね」

「ジャハラさん、ありがとうございます！」

苦いし、蟲だし、あんまり食べたくないのだけれど。

でもジャハラさんの親切を無下に断れないので、私ははきはきとお礼を言った。

二日酔いにも効くらしいから、一袋ぐらいロジュさんにあげよう。

きっと傭兵団の皆さんが喜んでくれるはずよね。

当たり前だけれど――祝賀会の会場に、シェシフ様の姿は見当たらなかった。

命はご無事のようだけれど、その後シェシフ様がどうなったのか、ファイサル様にもレイラさんにもまだ詳しくは聞いていない。

シェシフ様のことや――きっと、ずっと昔に亡くなって、その体をサマエルに奪われていたサリムのことは、口に出さないほうがいい気がしていた。

聞いたところで、知ったところで、なにもできない。

それでも話したくなったら、きっと話してくれるだろうと思う。

ジュリアスさんに出会うまでになにがあったのかを、ジュリアスさんに打ち明けたときの、私のように。

「皆、揃ったな。本当はさっそく飲んで、食べて、楽しんで欲しい――と、言いたいところだが、兄上から聖王を引き継いだ身としては、長年の形式も大切にする必要がある。さぁ、こちらへ」

ファイサル様が差し出した手を、レイラさんが取った。

広間の中央で踊っていた踊り子の皆さんが、軽やかな身のこなしで中央の道を空けるように分かれていく。

身に纏った長い薄衣や、宝石が縫いつけられた輝く衣装が幻想的で、まるでおとぎ話の中の精霊が姿を現したようだ。

「クロエさん、ジュリアスさん、行きましょう」

ジャハラさんが私たちに声をかけてくれる。

ジャハラさんの隣には、体格のいいラムダさんが並んでいる。お父さんと息子みたいだ。

ルトさんは一緒に行かないらしく、にこにこ微笑みながら、軽く手を振ってくれた。

サリムの妹君のルトさんの立場は、もしかしたら難しいものなのかもしれない。ファイサル様がよくない扱いをするとは思えないけれど――それでも、表立って勲章を授けたりすることはできないのだろう。

私はファイサル様みたいにエスコートしてくれるんじゃないかなと思って、ジュリアスさんを見上げた。ジュリアスさんは面倒くさそうに嘆息しただけだった。

これは、動く気がないわね。

エスコートどころか、ファイサル様に従う気が微塵もないジュリアスさんの腕を、私はぐいぐい引っ張った。

　素敵なドレスを着せてもらって、髪も綺麗にして薄くお化粧もしてもらったのに、全く動こうとしないジュリアスさんの手を、大きな蕪を引き抜くぐらいの勢いで引っ張っている私。

　それでも蕪は抜けません――と心の中で呟いてみる。

「抵抗しないでください、ジュリアスさん。恩賞授与式ですよ、大切な、恩賞！　恩賞を得られた暁には、飛竜専門の温泉宿を経営して、飛竜の湯の初代若女将として名を馳せるんですから……！」

「美少女錬金術師は廃業するのか」

「兼、です、兼。大は小を兼ねるので、大丈夫です。温泉宿の若女将クロエちゃん、可愛いですよ。世界中から取材が殺到すること請け合いです」

「クロエ。飛竜の湯とやらに入ることができるのは、ヘリオスとリュメネだけでいい。竜騎士は、男ばかりだからな」

「そんなことは知っていますけど、なにか問題がありますか？」

「素晴らしいな、ジュリアス殿！　リュメネもともに、温泉に入れてくれるのか。リュメネを家族として大切にしてくれているのだな！」

　ジャハラさんとともにファイサル様の後を歩いていたはずのラムダさんが、なぜかものすごい勢いで駆け寄ってきて、ジュリアスさんの肩に腕を回した。

　ジュリアスさんが、戦いの最中にも見せないような嫌そうな表情で、ラムダさんの腕から逃れた。

　ラムダさんはあまり気にしていないようで、「素晴らしい心がけだ、ジュリアス殿」と笑顔を浮かべている。

「クロエさん、飛竜温泉とはいい考えだな！　だが、ジュリアス殿を除けば、竜騎士はラシードにしかいないだろう。つまり、その温泉はラシードに造ってくれるということだな。移住してくれるのか、クロエさん。そうしてくれるのなら、リュメネにいつでも会いに行ける」

「ご、ご期待に添えなくて申し訳ありませんが、移住するつもりはなくて……」

「そうか……それは残念だ。……というのは、冗談だ。クロエさんは可憐で愛らしい女性だからな、ジュリアス殿が側にいなければ、きっと求婚が絶えないことだっただろう。我が部下たちもそわそわ落ち着かないぐらいだ」

「それは、ありがとうございます。お世辞でも嬉しいですよ」

「お世辞ではないぞ、クロエさん。つまり、温泉宿を経営した場合、竜騎士の男たちが集まるわけだ。若女将となったクロエさん目当てで泊まりに行く者もきっと少なくないだろう。特に、我が部下たちなどは、下心が」

「いえいえ、そんな、ご冗談を」

　ラムダさんが私を褒めてくれるのは嬉しいのだけれど、ラムダさんの部下の皆さんとは個人的に親しくないので、そんなことはないと思う。

　ひととき、プエルタ研究院で一緒に過ごしていたこともあったけれど、話しかけられたこともなかったし。

「ジュリアス殿がいるからな。だが、虎視眈々（こしたんたん）とチャンスをうかがうのが男というもの。ジュリアス殿もそれを危惧しているから、クロエさんが温泉宿の若女将という立場になることを、渋っているのだろう」

「まさか、そんなわけないですよ。ねぇ、ジュリアスさん」

「……お前は、阿呆だな」

「突然の罵倒……！」

なぜこのタイミングで阿呆と言われるのかしら。

謎すぎる。

「お二人とも、そしてラムダさん。とても目立っていますよ。ファイサル様が困っているので、行きましょう」

落ち着いた声音でジャハラさんに言われて、私ははっとして周囲に視線を向けた。

大広間の中央の、一段高くなっている壇上に向かって一本道ができるように、人波が分かれている。

ジャハラさんは一度途中まで歩いて、それから戻ってきてくれたようだ。

確かに皆の視線が私たちに向けられている。すごく恥ずかしい。いい大人なのに、ジャハラさんにお迎えに来てもらってしまったことが、更に恥ずかしい。

ラムダさんが「どうにも飛竜の話が聞こえると、参加したくなってしまうな」と、短い髪を撫でて言った。

「クロエさん、ナタリア殿にも声をかけてくれるだろうか」

「ナタリアさん、ジュリアスさん以上に嫌がりそうですけど、いいですよ」

私は恥ずかしさを誤魔化すように明るく答えると、大広間の一角で給仕の方々に囲まれているナタリアさんに向かって声をかけた。

ナタリアさんはドレス姿ではなくて、いつも通りのかなり露出の激しい妖艶な魔女服を着ている。

立食が基本スタイルの晩餐会で、立派な椅子に堂々と座って脚を組んで、入れ食いのようにお酒のグラスを空けていた。

　参加するのはめんどくさいので嫌だと言っていたらしいけれど、そのわりにすごく満喫している。この会場にいる方々の中で一番祝賀会を満喫しているのではないかしら、という姿だった。

　給仕の方々もそうだけれど、竜騎士の方々や貴族の方々まで、ナタリアさんにお酒や食べ物を運んでいる。すごい。これが美人の圧。圧倒的な、美魔女。

「ナタリアさん、恩賞授与式ですよ、行きましょう！」

　私が大きく手を振りながらナタリアさんに声をかけると、ナタリアさんはめんどくさそうに片手を振った。

「忙しいのよ、私。二千年前の酒以外にも高級なお酒がたくさんあるから、飲むのに忙しいの。そういうのは、クロエが適当にやっておいて」

「予想通りの反応ですね。どうしましょう。ナタリアさん、私の言うことなんて聞いてくれないですよ」

「それならばいい。ありがとう、クロエさん。さぁ、行こうか。式典などはさっさと済ませて、飛竜温泉について熱く語り合おう！」

「いいですよ。ラムダさんも商売に興味があるんですね！」

　飛竜に詳しいラムダさんと飛竜温泉について話し合えるというのは、なかなか得難い経験なのではないかしら。

　大きなラムダさんを見上げて営業用の笑顔を浮かべると、なぜかジュリアスさんに頬を抓られた。

痛い。

私の頬を抓った後に無言でさっさと壇上へ歩いていってしまうジュリアスさんを、私は慌てて追いかける。

さっきは動かなかったくせに、気が変わったのかしらね。

もしかしてナタリアさんを見ていたら、お酒が飲みたくなってしまったのかしら。

昨日のお酒の空き瓶の数を考えると、よく今日も元気だと感心してしまうわね。

最近は滅多に着ていないドレスのせいで、どうにも動作が鈍くなってしまう。

転びそうになっているのを察してくれたのか、ジャハラさんとラムダさんが、私の両脇に立って、両手を持ってくれた。

エスコートというよりは、転ばないように両親に両手をひかれている少女のような有り様で、元公爵令嬢としてはこれでいいのかしらと内心首を傾げる。

さすがに気を引きしめないと。

アストリアの元公爵令嬢はマナーもまともに習っていないと思われたら、アストリアの方々に対して少し申し訳ない。

ファイサル様とレイラさんが並んでいる壇上に向かい合うかたちで、ジュリアスさんと私、ラムダさんとジャハラさんが並んだ。

賑やかだった舞踏のための音楽はぴたりとやみ、それとともに人々のざわめきも収まっていく。

「——今日は、内乱終結の祝いの会へと、皆よく足を運んでくれた」

ファイサル様の静かな迫力に満ちた厳かな声が、大広間に響く。

この光景を見るのは、二度目だ。

一度目、お集まりの方々へと壇上から声をかけていたのはシェシフ様だった。

あのときの私は、実を言えばかなり緊張していたけれど、今は違う。

ジュリアスさんが隣にいてくれるというだけで、なんだか呼吸をすることさえ楽に感じる。ジュリアスさんと一緒だからという理由で、胸を張って堂々としていられるのだから、私も結構単純みたいだ。

「聖王家からの粛清に怯え、声を大にして言う者は滅多にいなかったとは思うが、皆は気づいていただろう。聖王家がフォレース探究所の研究に入れ込み、長くこの国を支えてくれていたプエルタ研究院を排斥していたこと。その危険性についても」

はっきりとファイサル様が口にしたことに対するどよめきが起こる。

ラシード神聖国の貴族の方々は、きっと国を憂(うれ)えていたはずだ。

だから、秘密裏にプエルタ研究院に協力する方々がいたのだろうし。逆に、聖王家につく者も、日和見(ひよりみ)を決め込む者もいたのだと思う。

間違いを間違いと指摘することは、とても難しい。

それが間違いかどうかさえ、その渦中(かちゅう)にあってはまるでわからない。

かつての私がいた貴族社会もそうだった。結局、私のお父様に手を差し伸べて助けてくれた方は、誰もいなかった。

ただ、ロジュさんだけは、シリル様に意見してくれたみたいだけれど——。

そう思うと、ロジュさんの行動というのはかなり勇気がいったのではないかしら。ロジュさんにはお礼として砂光蟲の粉末を二袋あげよう。

「多くの血が流れ、国を憂う者たちは、国から追われた。俺は兄の暴虐を知りながら、長くそのような状況から目を背けていたが、ようやく目を覚ますことができた」

ファイサル様はそこで一度言葉を区切り、深々と頭を下げた。

ファイサル様の隣で、レイラさんも深くお辞儀をしている。

会場のどよめきが再び鎮まり、ファイサル様とレイラさんが顔を上げる頃には、皆の視線がまっすぐ二人に向いていた。

「プエルタ研究院のジャハラや、聖王宮を追われていた竜騎兵隊長のラムダとともに、私は兄上と刃を交え、……兄上を、シェシフ・ラシードを討ち滅ぼした。砂漠にその命を散らした兵たちは、皆、同じ国に住まう民。私たちはするべきではない争いをした」

私は、広い砂漠を思い出す。

この国に来たとき、ジュリアスさんは、砂の下には多くの屍が埋まっている――というようなことを言っていた気がする。

それは怖いことのように、あのときは思えた。

失われた命を思うと、今も胸が痛いけれど。

でも、きっと――砂の下には、安らかな眠りがあるような気がする。

巨大な骨だけの形をした、砂鯨の群れが、砂漠を泳いでいる。それはまるで、砂漠に沈んだ死者たちを異界の向こうへと誘う魂の運び手のようにも見える。

「不満に思う者、納得がいかない者も多いだろう。しかし、俺は聖王を継ぐ。この国を、平和と安らぎに満ちた、ラシード神聖国へと戻すために。そのために、どうか皆の力を貸して欲しい。流れた血を、失われた平和な時間を、忘れてくれとは言えない。だが、今は憎しみや恨みを堪えて、国のため、俺を支えて欲しい」

ファイサル様の言葉は、飾り気がなくどこまでもまっすぐで、真摯だった。

かつてシェシフ様の言葉を聞いたときは、どれが本心なのかよくわからないと感じたけれど、それとは真逆だ。

そう聞こえるのは、私がファイサル様のことを知っているから、というだけかもしれないけれど。

今の感想をジュリアスさんに伝えたら、多分またきっと「お人好しの阿呆」と言われるのだろう。

でも、できれば――ラシードの、貴族の皆さんや、兵士の方々の心に、響いてくれたらいいと思う。

ファイサル様やレイラさんが、ラシード神聖国の平和を願っている気持ちは本当だろうから。

祈るように、私は胸の前で手を組んだ。

張り詰めた沈黙が、大広間を支配する。

やがて、小さな拍手が、どこからともなく起こった。

その拍手は、やがて大きなうねりのように、大広間に響き渡った。

私はほっと胸を撫で下ろしながら、顔を上げた。

レイラさんが手にしていた、茨を編んだような黒い冠を、ファイサル様の頭に冠する。

それはシェシフ様が身につけていたものに似ているけれど、シェシフ様のものよりも宝石が少ない。

黒薔薇は、聖王家の刻印。茨の冠は、聖王の象徴なのだろう。

詳しいことは知らないけれど、ファイサル様にその冠はよく似合っている。

私はよかったですねという気持ちを込めて、ジュリアスさんを見上げた。

ジュリアスさんは私を見下ろして、軽く目を細めた。皮肉気でもなければ、小馬鹿にした様子もない、どこか優しい視線だったので、なんだかどぎまぎしてしまった。

「此度の戦に多大な貢献をしてくれた、プエルタ研究院の院長であるジャハラ・ガレナ。それから、ラシード竜騎兵隊長のラムダ・アヴラハには、聖王家より勲章を与え、聖王宮より排斥されていたその地位を、元に戻すこととする」

拍手の中、ジャハラさんとラムダさんには黒い水晶で作られた薔薇の勲章がレイラさんから渡される。

恭しく二人はそれを受け取って、私たちの後ろへと下がった。

黒い水晶の薔薇、宝石としての価値も高そうだけれど、いくらぐらいで売れるのかしら。

私もあれをもらえるのかしらね。

エライザさんに頼んで、コールドマン商会でいい値段で買ってもらうのがいいかしら。

などと心の中で算段していると、ファイサル様が私たちを呼ぶ声が聞こえた。

私たちの番だ。一体なにをもらえるのかしら。

ヘリオス君のお嫁さんのリュメネちゃんをもらって、お父様とお母様について教えてもらって、破邪魔法の正しい詠唱についてと、熾天使様方のお名前を教えてもらっただけで――かなり、十分と言えば十分だけれど。

昨日は高級宿泊施設で食べ放題飲み放題だったし。ファイサル様のお金で。

（ジュリアスさんのせいで、あんまり満喫できなかったけど……）

でも、楽しかったわよね。

辛いことも痛いこともたくさんあったけれど、それが帳消しになってしまうぐらいに楽しかった。

だからもうそんなに欲しいものはない――気もするし、あるような気もする。

（うん。やっぱりもらえるものはもらっておいたほうがいいわね。お金はいくらあってもいいって、ロバートさんもよく言っているし）

かなり稼いでいると思うのに、私に高級装備品を売りつけようとするロバートさんを思い出す。ロバートさんのお店は品揃えがよくて結構人気で、お客さんも多い。

それなのに「クロエちゃん……我が家を助けると思って、このダイヤの腕輪、三個ぐらい買わない？」とか言ってくるロバートさん。

私が「ロバートさん、お金に困ってないですよね」と断ると「金はね、いくらあってもいいんだよ、クロエちゃん。今すぐ空から五億ゴールドぐらい降ってこないかな」などと胡乱（うろん）なことを言っていた。

いえ、胡乱ではないわね。

私も降ってきて欲しいって思うもの。

「クロエ、ジュリアス、こちらに」

ファイサル様が私たちを呼ぶ。檀上の中央、ファイサル様のすぐ近くに、私はうきうきしながら向かった。

うきうきしながら向かう途中で、ジュリアスさんが一緒に来てくれないことに気づいた私は、一度ジュリアスさんのもとに戻ると、その手を引っ張ってジュリアスさんを強制連行した。

お集まりの方々全員に見られているのだから、ちゃんと言うことを聞いて欲しい。

ジュリアスさんをずるずる引っ張っていく姿が見られているのがかなり恥ずかしい。

せっかく高価なドレスを着て、身だしなみを整えているのだから、もっと優雅に振る舞いたいのだけれど。いつもとあんまり変わらないわね。

まぁ、いいのだけど。

レイラさんが私たちの姿を見て、微笑むと、唇をわずかに動かした。声こそ出ていないけれど、多分「仲良しね」って言っている。

なんとかファイサル様のもとへたどり着いた私は、ジュリアスさんから手を離そうとした。

ここは一つ、アストリア王国を代表して、元公爵令嬢的なご挨拶を優雅に決めておきたい。けれどジュリアスさんが手を離してくれなかったので、仕方なく片方の手でスカートをつまむと、礼をした。

なんとなく、遠目に見たら私がジュリアスさんにエスコートされているふうに見えなくもない。けれど、実際ジュリアスさんをエスコートしているのは私である。

「アストリア王国の錬金術師、クロエ・セイグリット。そして——その最愛の伴侶である、竜騎士ジュリアス・クラフト。……二人の働きにより、俺たちは苦しい戦いに勝利することができた。二人がいなければきっと、ラシード神聖国は血と暗闇に支配されていただろう」

「はんりょ……」

私は思わず小さな声で呟いてしまった。

てっきりファイサル様は私たちを『元セイグリット公爵令嬢と、元ディスティアナの黒太子』として紹介するのかと思ったのだけれど。

今の私たちを見てくれていることが嬉しいと同時に、伴侶は違う、と首をぶんぶん振りたくなる。

ファイサル様は「ん？」みたいな表情を一瞬浮かべたけれど、特に気にした様子もなく言葉を続けた。

「戦場で、多くの兵士たちは竜騎士ジュリアスの勇姿を見ただろう。そして、可憐な女性でありながら、臆せず、冷静に状況を見定めて敵に立ち向かっていくクロエの姿を。他国からの来訪者でありながら、二人とも、ラシードのためによく戦ってくれた。感謝する」

私は軽く会釈をした。

ジュリアスさんは案の定不服そうだけれど、さすがに場を弁えているのかなにも言わなかった。多分「ラシードのために戦ってなどいない」と思っているに違いない。大体合ってると思う。

「二人には、ラシード神聖国での貴族の地位を……と、言いたいところだが、きっと、必要がないと言われてしまうだろうな。勲章も、不要だろう。よってささやかではあるが、聖王家が蓄えていた宝石の一部と、聖王家との永久の友好の証として、黒薔薇の首飾りを授けよう」

黒薔薇の首飾りとはなにかしら。

宝石はわかる。宝石は嬉しい。お金だと、ラシードとアストリアでは貨幣が違うから、若干面倒なので、宝石は嬉しい。売れるし、錬金術にも使えるし。

でも、黒薔薇の首飾り――やっぱり、黒い薔薇の宝石なのかしらね。

友好の証なのだから、売ったら駄目よね。

「黒薔薇の首飾りは、神秘の黒水晶を加工した秘宝。その持ち主を覚えて、本体である黒薔薇を削り出した神秘の黒水晶と認識し合うことができる。故に、黒薔薇の首飾りをつけていれば、いつでも聖王宮を訪れて、私たちに会うことができる」

ファイサル様が、名案だろう、みたいに微笑んでいる。

ファイサル様は聖王で、レイラさんは王妃様になる。そうすると、私たちはただの錬金術師と竜騎士なので、簡単に会えなくなるのは確かだ。

だから――その提案はとっても嬉しい。

そしてやっぱり、ジュリアスさんは、そんなものはいらない、みたいな顔をしている。

「レイラ、二人に首飾りを」

「はい」

ファイサル様に言われて、レイラさんが細い金色の鎖の先に光沢のある小さな黒い薔薇の飾りが付いた首飾りを、私たちに差し出した。

私はありがたく受け取った。ジュリアスさんが受け取らないので、ジュリアスさんの分も受け取った。

これは、売れないわね。

大切にとっておこう。

私が首飾りを受け取ると、それを待っていたように会場から大きな拍手が沸き起こった。

なんだか、照れてしまうわね。

「堅苦しい式は、これで終わりだ。皆、今日は喜ばしい祝いの日。心ゆくまで、楽しんでいってくれ」

ファイサル様の声が会場に響くのと同時に、レイラさんが私の片手を握った。

手にしていた首飾りごと手を握られて、片手はジュリアスさんが摑んでいるので、完全に両手が塞がった私。結局優雅にご挨拶をすることは、できそうになかった。

「クロエ、やっと終わったわ。行きましょう。その首飾り、後でつけてあげるわね。きっと似合うわよ」

「ありがとうございます、レイラさん」

「ジュリアスは、首飾りをもうしているものね。二つに増えるのは煩わしいでしょう？　耳飾りに変えてあげましょうか。そのほうが邪魔じゃないと思うのよ」

「……必要ない」

「あら、相変わらず不機嫌ね、クロエの旦那様は」

レイラさんに、にこにこしながら見上げられて、ジュリアスさんは視線を逸らした。

「……ファイサル様、もしかして本気で伴侶って思ってます？」

私が恐る恐る尋ねると、ファイサル様は戸惑ったように眉を寄せる。

「……二人とも口にはしないが、きっとそうなのだろうなと思っていた。違うのか？」

「違います、まだ、その、違います」

「まだってことは、そのうちそうなるんでしょう。それなら、いいじゃない、伴侶で」

レイラさんに言われて、困った私はジュリアスさんに視線を送る。

ジュリアスさんは特に気にした様子もなく「そうだな」と頷いた。

そうだなって頷くなら、先にプロポーズとかしたほうがいいのではないかしら。

いえ、でも、ジュリアスさんのことだからめんどくさくなって適当に返事をした可能性も高いわね。

とはいえ、伴侶ではないけれど、ジュリアスさんは私の家族ということは確か。

だから、そんなに間違ってはいないのかもしれない。

式典が終わり、明るい音楽が再び流れはじめる。

壇上から、私たちはルトさんのもとに戻った。

ルトさんはなぜかナタリアさんの隣に用意された椅子に座って、ナタリアさんの飲みっぷりを感心したように眺めていた。

二人の周りに、更に男性の数が増えている。ナタリアさんの魔性の美女力に、ルトさんの神秘的な美女力が加わったからなのかしら。

ナタリアさんには、足元に跪きたくなるなにかがあるけれど、ルトさんには守ってあげなきゃいけないと思わせるなにかがある。ルトさんのほうが多分私よりも年上のような気はするのだけれど。

「ルト、ここにいたのですか」

ジャハラさんが声をかけると、ルトさんは口元に笑みを浮かべて頷いた。

『一人で立っていたら、ナタリアさんが呼んでくれたんです』

「だって、立っているだけで結構辛いでしょ。あなた、刻印師としてかなりの喰命(しょくめい)魔法を使ってきているようだし。正直、もう魔法は使わないほうがいいぐらいよ」

さらりとナタリアさんが聞き捨てならないことを言うので、私は目を見開いた。

「ルトさん、大丈夫なんですか？　そんなに体の調子が悪かったんですね……念話だって、魔力がいるのに。ルトさん、あんまり話さないほうがいいんじゃ……」

『大丈夫ですよ、クロエさん。軽い会話ぐらいなら、そこまで大変じゃないんです。ずっと立っているのは大変ですけれど……あと、ラシード神聖国名物、砂漠フルマラソンとかも参加できませんけれど……』

「立ってるだけで辛い人が砂漠フルマラソンとかしたら死んじゃいますよ、砂漠フルマラソンがどんな競技かよく知りませんけど」

ナタリアさんやルトさんを囲んでいた男性たちを、ラムダさんが規則正しく整列させている。

順番に並んでナタリアさんにお酒やご飯を渡していくという、ナタリアさんを讃える会、のような行列が出来上がっているけれど、気にしないことにしよう。

『でも、ナタリアさんが私のために椅子を、皆さんにお願いして用意してくれたのは、とてもありがたいんです。体力がないのは本当なので……』

「喰命魔法で失った生命力は回復しませんし、体に残る傷——魔力汚染とも呼びますが、それも、元の通りに健やかな体に戻すということはできません。フォレース探究所はそれを承知で、魔法の才能のある子供たちを育て、刻印師に仕立て上げるのです」

ルトさんの隣にジャハラさんは立った。

刻印師についての説明はとても淡々としていて、そこには悲しみも苦しみも感じられないけれど、ジャハラさんはルトさんになにかしらの感情を抱いているのだとは思う。

二人とも家族を亡くしている。通じるものがあるのだろう。

ジャハラさんが大人びているから恋人に見えなくもないけれど、やっぱり姉弟のほうがしっくりくる。

「そうね。あそこは、そういうところ。もう二度と、刻印師なんてものが生まれないといいわね。まぁ、あなたもいろいろ事情があったんでしょうけど、これ以上は命を縮めるような馬鹿なことはするんじゃないわよ」

　ナタリアさんが手のひらの中のグラスを揺らしながら言った。

　グラスの中の赤葡萄酒が、ゆらゆらと揺れている。大きく開いたスリットから覗く、組んだ脚の白さが眩しい。

　なんて様になるのかしら。ワイングラスを揺らす姿が世界一似合う女、ナタリアさん。

　私が同じことをしたら、うっかり手を滑らせてグラスを落として割ってしまうこと間違いなしね。

「ルトさん、あまり無理はしないでくださいね。今度私が、魔力を使わなくてもお話ができる錬金物を作ってきますよ。喉に取りつけたらお話できるようになるというのがいいですよね、うん、うん、考えてみます」

『ありがとう、クロエさん。でも、多分……無理です。魔力汚染による欠損は、どんなことをしても取り戻せない。人には分不相応な力を使った代償、呪いなのです』

「大丈夫ですよ、ルトさん。私は天才なので。不可能を可能にするのが、錬金術なんですよ」

「それはそうよ。クロエは、この空前絶後の天に至り真理を知る至高の美魔女錬金術師ナタリア・バートリーの弟子だもの」

　ナタリアさんが豊かな胸を反らせて言った。

　ナタリアさんの目の前に行列を作っている男性たちから拍手と歓声が沸き起こる。

　私の隣にいるジュリアスさんが「お前が名乗ったときの反応と、まるで違うな」と私を小馬鹿にしてきたので、私はジュリアスさんを、万感の思いを込めて睨んだ。

「ところでそんなことより、例のお酒は？　ファイサル、二千年前のお酒はどうしたの。それが飲める約束で来たのよ、私は」

ファイサル様に対して、ナタリアさんの態度がすごい。

ファイサル様は特に気にした様子もなく「そうだな、そういう約束だった。そろそろ持ってこさせよう」と、近くにいた兵士を呼んで、「宝物庫よりあれを持ってきてくれ」と命じた。

レイラさんはナタリアさんに尊敬の眼差しのようなものを向けている。

確かにレイラさんがナタリアさんに憧れる気持ちはちょっとわかる気がしたけれど、憧れたらいけないと思う。外にいるナタリアさんは煌びやかな美魔女だけれど、一歩お部屋に戻ると服を全部脱いで、床に投げ捨てるような人だ。

「お酒、もうだいぶ飲んでるじゃないですか、ナタリアさん」

私は溜息をついた。

そういえばナタリアさん、ご飯はしつこく言わないと食べないくせに、お酒はぐいぐい飲んでいた記憶がある。

棚にあるお酒を、魔力を使って自分のもとにふわふわと泳がせて運んでは飲んでいた。

ジュリアスさんといいナタリアさんといい、私の周りにはお酒に強い人が多いわね。

私も今日ぐらいは少しお酒を飲んでもいいかもしれない。二日酔いの後だけれど、もうすっかり回復したし。

「それは飲むわよ。飲みにきたのよ。いいこと、クロエ。いかにこの私が万能で天才で人類を超越した力を持っていても、私にも苦手なものがあるのよ」

「お掃除とお片付け。基本的な生活と、あと、お金を稼ぐことですね」

「そうなの。面倒だもの。つまりね、クロエ。私は無一文なのよ。で、ここではただ酒が飲み放題なの。百年分飲み溜めをしないといけないのよ」

「無一文なんですか、ナタリアさん」

「宵越しの金は持たない覚悟は常に決めているわ」

「私の貯金、あげませんからね……！」

「アストリアに戻ったら養ってもらおうって思ってるから、安心しなさい」

「嫌ですよ……」

「子供は母親を養うものじゃない」

「ナタリアさんは私のお母様じゃありませんし」

「似たようなものじゃないの。ほらクロエ、お母様があなたとジュリアスの結婚を認めてあげるわよ。よかったわね、ジュリアス。親の公認を得たわよ」

「それは、どうも」

ジュリアスさんは否定しなかったけれど、とても適当な返事をした。

ナタリアさんと話すのがめんどくさいって思っているわね。

私はジュリアスさんを見上げる。左手の薬指には、飛竜の指輪。首には隷属の首輪。レイラさんの言う通り、空いているのは耳ぐらいだ。

「ナタリアさん、さっきファイサル様から首飾りをもらったんですけど、これって、耳飾りに変えることができますか？」

「そんなの、クロエが錬金術で作り替えたらいいじゃないの。それか、金細工師のところにでも持っていきなさいよ」

「錬金窯を使わない錬金術、もう一度見たいなって思って。参考までに」

「あら。それはいい心がけね。面倒だけど、まぁ、いいわよ。ちょっと貸してみなさい」

私は手に持っていた黒薔薇の首飾りの一つをナタリアさんに渡した。

レイラさんが心配そうに「一応、聖王家の秘宝なのだけれど、大丈夫なのかしら」と小さな声で言った。

「大丈夫かしら、ですって？　誰に向かって言っているのかしら。黒薔薇に力が宿っているんでしょう、これ。その部分には手を加えないから安心しなさい。鎖を、耳飾りの形状に変えればいいのよね」

耳ざとくナタリアさんが聞きつけて、レイラさんに言う。

レイラさんはやや慌てたように、こくこくと頷いた。

「簡単ね、まぁ、見ていなさい。そうね、これが大切なものだとしたら、耳飾りは落としやすいから、落とさないような性質を付けてあげましょう。ちょうど永久磁石があったわよね。これと混ぜ合わせて……」

ナタリアさんはなにもない空間に手を差し入れる。

空間が歪んで、ナタリアさんの手が半分ぐらい見えなくなった。

ごちゃごちゃと歪んだ空間を漁って取り出したのは、永久磁石。黒い鉄の塊に見えるそれは、剛力のガリオサという魔物から手に入れることができる素材である。

ナタリアさんは黒薔薇の首飾りと、永久磁石を両手に包み込むようにした。

魔力が渦巻き、ナタリアさんの両手の中で二つの物体が溶け混ざり合っていくのがわかる。

それは一瞬のことで、ナタリアさんが手を開くと、そこには小さな美しい耳飾りがあった。

「ほら、できた。黒薔薇には手を加えていないけれど、金属の部分に永久磁石を混ぜ合わせて、半永久的接着の性質を付けたわよ。ジュリアス、ちょっといらっしゃい」

ジュリアスさんはナタリアさんから視線を逸らした。

いつも通りの無言だけれど、ナタリアさんには無言は利かないのよね。残念ながら。

「来ないとなると、鎖魔法を使ってその体を拘束して、無理やり私の足元に跪かせるわよ」

「行ったほうがいいですよ、ジュリアスさん。今日はお祝いなんですから、穏便に。ね、穏便に。ジュリアスさんとナタリアさんが戦ったら、聖王宮が半壊どころか全壊しちゃうので……！」

ナタリアさんはやると言ったらやる人なので、私はジュリアスさんの背中をぐいぐい押して、ナタリアさんのもとへと連れて行った。

ナタリアさんの手の中の耳飾りがふわりと浮き上がって、ジュリアスさんの左の耳たぶに、耳飾りの細いピンが突き刺さったように見えた。

ジュリアスさんは耳飾り用の穴を耳に空けていないので、なんだかすごく痛そうに見える。

「だ、大丈夫ですか、ジュリアスさん。痛くないですか……？」

「痛くないわよ。私が耳飾りに施した効果、わかるでしょうクロエ。耳飾りの金具は皮膚と一体化して、本人が外そうと思ったときしか外れない仕様よ。これで落とす心配もないし、耳に穴を空ける必要もない。悪くないでしょう」

「……外せるんだろう、これは」

「外せるわよ。ジュリアスが自分で外したいときだけ。ジュリアスは竜騎士でしょう。耳飾りは特に落ちやすいから、特別仕様にしてあげたわよ」

「ジュリアス、さてはいらないって思っているわね。私はクロエと会いたいし、ファイサル様はジュリアスのことを友人のように思っているのよ。冷たいこと言わないで、会いに来てくれたっていいじゃない」

レイラさんが不満そうに言う。

確かにファイサル様がちょっと寂しそう。ジュリアスさんに愛想がないせいでごめんなさいっていう気持ちになる。

ロジュさんなんかはそれでもぐいぐいジュリアスさんに話しかけるけれど、ファイサル様の性格では難しいわよね。

目の前でいらない、みたいな態度を取るジュリアスさんが悪い。

私がジュリアスさんに注意しようとするより先に、レイラさんが私の手の中の首飾りをそっと取って、私の首に丁寧に付けてくれた。

「ほら、見て。クロエとお揃い。これで捨てたり外したりできなくなったわね」

私の首元で輝く小さな黒い薔薇を手のひらで示して、レイラさんは勝ち誇ったように言った。

ジュリアスさんは自分の左耳に触れた後に、仕方なさそうに嘆息した。

◆新しい出会いに祝福を

錬金術師になってからは、装飾品などは身につけなかった私である。

黒薔薇の首飾りは可愛いし、それにレイラさんとのお友達の証のようで嬉しい。

私は上機嫌で、ジュリアスさんを見上げた。

「お揃いですね、ジュリアスさん」

にこにこしながらジュリアスさんに言うと、ものすごく嫌そうな顔で舌打ちをされた。

この感じ、久々ね。

照れ隠しなのか、本当に苛々しているのかよくわからないけれど、ジュリアスさんのことだから後者の可能性が高い。

それでも耳飾りを外そうとはしないので、お揃いであることを受け入れてくれたようだけれど。

「素直じゃないわね、ジュリアス。ファイサル様なら、レイラ、君と同じものを身につけることができるなんて、いつでも君が俺の側にいてくれるようで嬉しい、とか言うわよ」

「あぁ。当然だ。俺もレイラとお揃いのものを身につけたい。正直、二人が羨ましい」

「ほらね」

愛されている女性というのは輝きが違うわね。

堂々としたレイラさんに、私は苦笑した。

そんなことを言うジュリアスさんは、もはやジュリアスさんではない。別のなにかだ。

それでも、耳飾りを不必要だとかなんとか言って外して投げ捨てたりしないあたり、ジュリアスさんなりに気を遣ってくれているのだろう。

ジュリアスさんと同じ装飾品を身につけることができて、私がご機嫌になることが許されるぐらいには。

ややあって、ファイサル様の指示で大広間に運ばれてきたのは、濃い茶色をした瓶だった。

「小さいわね……一本しかないの、ファイサル？」

瓶を見て、開口一番不満そうにナタリアさんが言った。

ファイサル様が当然だと頷く。

「聖王家の宝の一つなのだから、そう大量にはない。量が多い時点で、それは宝とは言わないだろう」

これも、これも、これも美味しいから食べたほうがいいと言って、ラムダさんやジャハラさんが運んできてくれた料理で、私の前にあるテーブルはいっぱいになっている。

ドレスだからと最初はおしとやかに遠慮していた私だけれど、遠慮なくジュリアスさんが私の分まで食べている姿を見ていたら、品性よりも食欲が勝った。

とろとろに煮込まれた香辛料の効いた子羊のお肉を硬いパンに乗せて、口いっぱいに頬張っていると、ジャハラさんににこやかに「よほどお腹が空いていたんですね、クロエさん」と言われた。

「たくさん食べる女性とは、食べない女性よりもずっといいものだ。貴族の女性とは、こういった場ではほとんど料理を口にしないものだからな。ナタリアさんやクロエさんの姿は、新鮮味があっていい」

「それは珍獣扱いという意味では……」

もぐもぐごくんと飲み込んだ後、私は口元をナプキンで隠しながら、娘を見守るお父さんのような表情で私を見ているラムダさんに言った。

口の中で溶けるほどに柔らかい子羊のお肉は、香辛料のおかげで臭みが全くないし、不思議な清涼感さえある。お肉なのに。

薄くて硬いぱりぱりのパンの食感と香ばしさが、子羊のお肉と混ざり合って、とてもいいアクセントになっている。

「クロエさん、この、砂まる虫の尻尾焼きも美味しいですよ、食べますか」

「ジャハラさん、謎の食材を勧めてくるのやめてください。あと、どう考えても虫っぽいお料理ばかりを運んでくるのもやめてください」

「体にいいんですよ、砂まる虫。虫といっても、大きさがクロエさんぐらいあって、尻尾は牛肉のような味がして、栄養価が高いんです。滋養強壮にとてもいいと言われています」

「ジャハラさん、滋養強壮、好きですよね、まだ若いのに……」

「健康はとても大切ですよ、クロエさん。研究者というのは研究に没頭するあまり、不健康な人間が多いので、できるだけ栄養価の高い食事をとる必要があります」

「虫料理が好きなんですか、ジャハラさん……」

「昆虫は好きですね。特に食べられるものが好きです」

少年というのは、虫が好きだものね。

ジャハラさんが嬉しそうに、食べられる昆虫的な料理について説明してくれる。捕まえた虫について語ってくれるご近所の少年みたいな、微笑ましい姿だ。

私に食べさせようとさえしなければ、ではあるけれど。

アストリアでは食べないものね、昆虫。普通に、お肉かお魚を食べるので、お城の晩餐会で昆虫料理を見たことはなかったわね。

「体にいいなら食え、クロエ」

ジュリアスさんが砂まる虫の尻尾焼きとやらを、フォークに刺して、私の口元に押しつけてくる。

完全なる餌付けである。

ジュリアスさんが食べてくださいよ、という気持ちで、私は唇を閉じたまま「うーうー」と鳴き声みたいな抗議をした。

顔を摑まれて無理やり口をこじ開けられて、口の中に砂まる虫を入れられる恐怖を一瞬味わったけれど、ジュリアスさんはさすがにそこまでせずに諦めてくれたらしく、フォークを私から離した。

そして、「これはそんなにまずくはない」と言いながら、フォークに刺さった白いお肉（海老に似ている）を口の中に放り込んだ。

「砂トカゲは駄目なのに、砂まる虫とやらは大丈夫なんですか、ジュリアスさん……」

「トカゲは飛竜に似ているが、虫は似ていないからな」

「どんな味がするんですか、それ」

「肉だな」

ジャハラさんが、そうでしょう、そうでしょう、と満足そうに頷いている。

確かに牛肉っぽい味がすると言っていたけれど、味の感想が、肉。

お肉が好きなジュリアスさんも納得してしまうほどの、肉の味がする、虫。

世界には不思議な食べものがまだたくさんあるのね。

「滋養強壮にとてもいいらしいですよ、ジュリアスさん。元気になっちゃいますね」

私は虫を食べずに済んでほっとした。そして、案外なんでも嫌がらずに食べるジュリアスさんに感心しながら言った。

虫は、この間死ぬほど食べさせられた、砂光蟲だけで十分だ。

「ジュリアスさんは元々元気ですけど……」

『クロエさん、ジャハラはまだ十代なので、そういう話は……』

「クロエ、惚気（のろけ）るのはいいけれど、皆の前で唐突に夜の話をするのはやめたほうがいいと思うわよ、育ての親として」

そういう意味じゃない。

というか、どういう意味なの、それは。

ルトさんとナタリアさんに咎められて、私は顔を両手で隠した。とてつもなく恥ずかしいことを言ってしまったような気がしてならない。

ラムダさんが大きな声で笑いながら「子供は十人ぐらい欲しいところだな、ジュリアス殿！」などと言って、レイラさんに扇で叩かれていた。

あれは鉄扇ではないのかしら。痛そう。

ジュリアスさんは特に否定もせずに「騎乗用の飛竜が人数分必要だな」などと答えた。

さては酔っ払っているわね。お酒も飲んでいるものね。

ジュリアスさんはお酒に酔わないらしいけれど、飲むと多少は愉快な気持ちになるのかもしれない。わからないけど。

そうこうしている間に、二千年前の甘露酒がグラスに注がれて、皆に分けられた。

私もグラスを受け取ろうとしたけれど、私の分のグラスはジュリアスさんに奪われてしまった。

「私のお酒……ジュリアスさん、私も飲みます、だって聖王家の至宝ですよ。超高級品なんですよそれ……！」

「お前は、やめておけ」

「私もお酒が飲めるんですよ、ジュリアスさん。ご覧の通り私は美少女ですが、年齢は二十歳ですので」

「知っている。これは、俺が飲む」

「お酒の量が少ないからって、私の分まで取らないでくださいよ」

「あら、クロエ。ジュリアスに渡すのが嫌なら、私にくれたっていいのよ」

すでにナタリアさんの前には、ルトさんやレイラさんからもらったグラスが並んでいる。

「そういうことじゃなくてですね、私もそんなにお酒が飲めるわけじゃないですが、この機会を逃したら飲めないんですよ、二千年前のお酒なんですよね？」

「これは、恐らくかなりアルコール度数が高い。クロエ、お前は昨日……」

ジュリアスさんはそこで言葉を切って、なにか言いたげな視線を私に向けた。

そうだったわね、昨日私は、なんだか知らないけれどかなり酔っ払って、記憶をなくしている。朝は二日酔いで散々だった。

「まさか私、やっぱり酒癖が悪いんですか……昨日ジュリアスさんに、なにか失礼なことをしましたか……裸で踊ったのは、本当だったんですか……？」

「……お前には、脱ぎ癖が」

「ちょっと脱ぐくらい、いいじゃない。かたいこと言わないのよ、ジュリアス。私だって脱ぎたいわよ。お酒は苦手だから飲まないけれど、素面でも脱げるわよ」

レイラさんが私を励ますように言った。

レイラさんはどうしてそんなに肌を晒したいのかしら。やはり完璧なスタイルを持っていると、見せたい、と思ってしまうものなのかしら。

「それは、ジュリアスさんにあげます……」

「クロエ、飲まないのか？」

「クロエさん、飲まないんですか……？」

「そうか、飲まないのか……」

ファイサル様と、ジャハラさんとラムダさんがなぜか残念そうに言った。

ファイサル様はレイラさんに蹴られて、「そういうつもりでは……！」と慌てたように謝罪をしている。

ジュリアスさんは超高級品の、聖王家の至宝である二千年前の甘露酒を、私の分と合わせて二杯、一気に飲み干してしまった。

一口だけでも飲みたかったのに、残念だわ。

でも、脱ぐよりはいい。そんな醜態を晒してしまったら、二度と聖王宮に顔を出せなくなってしまうもの。

それにしても、ジュリアスさん、一気に飲んだわね。

聖王家の至宝である二千年前の甘露酒を一気に。

ジュリアスさんは二杯分のグラスを一息に空にして、ナタリアさんも三杯分のグラスを空にした。味を楽しむというより、喉ごしだけ味わうといった飲み方である。

ロキシーさんのお店で出されたジョッキの赤葡萄酒を飲むのと同じ飲み方をするジュリアスさんを、私は唖然と見つめた。

ナタリアさんはナタリアさんなので仕方ないのだけれど、ジュリアスさんは元公爵なのだから、超高級品のお酒なのだから味わうとか、味わうとか、味わうとかをしたほうがいいと思うの。

「ジュリアスさん、どんな味でしたか？　もう二度と飲めない逸品ですよ……！　もう少しありがたがったほうがいいんじゃないでしょうか？」

ジュリアスさんはグラスをテーブルに置いて、少し考えるようにして目を伏せる。

「……酒は酒だ」

「それはあれですか、私がいつもジュリアスさんに、豆のスープばかり食べさせているから、高級品の味がわからなくなってしまったとかそういう……」

「元々、あまり食事の味には興味がない。お前の料理は、材料費が安価なわりに味がいいことは理解できるが」

「急に褒めるのやめてくださいよ……！」

今はそういう話をしているんじゃない。突然褒めないで欲しいのよ。びっくりするから。

「まぁ、そう怒らなくてもいいだろう、クロエ。むしろ聖王家の至宝である酒を一気にあおることができる豪気さに感心するぐらいだ。ジュリアスもナタリアも、躊躇がなくていい。俺も見習わなくてはな」

ファイサル様がとても感心したように言う。

「いえ、でも、せめてファイサル様の乾杯の合図を待ってから、とか」

「俺の乾杯の合図などを待つような者たちではないと理解している。むしろ、無駄な言葉は祝いを盛り下げるだろう」

ファイサル様は軽くグラスを掲げると、ジュリアスさんやナタリアさんのように一気に飲み干した。

「まろやかで深みがあって美味しいけど、かなり昔に作られたものだからかしら。これ一杯で、ワインをひと樽空けたぐらいには強いわね。ファイサル、一気飲みしないほうがいいわよ……ってもう、手遅れね」

ナタリアさんが空のグラスをゆらゆら揺らしながら言う。

ナタリアさんの周りを取り囲んでいる男性がすかさずそのグラスを抜き取って、新しいグラスを渡した。

すごく、統制がとれた動きだ。グラスを渡す係とおかわりを運ぶ係の役割分担ができている。

「あら……大丈夫かしら、ファイサル様……ジュリアスと飲み比べをするとか言っていたけれど、ご自分が思うほどにお酒に強くはないのよね」

レイラさんが困ったような顔をして言う。

「竜騎士というものは、大抵の場合が酒に強いものですからな。飲み比べとは、新兵の竜騎士の登竜門でもあります」

「そうなんですね、ラムダさんは飲まないんですか？」

「祝いの席とはいえ、仕事中なのでな。それに、聖王家の至宝を口にするなど恐れ多くて、とてもできない」

ラムダさんが生真面目に言った。

同じ竜騎士でもジュリアスさんとは真逆だ。いえ、ジュリアスさんが不真面目というわけではないのだけれど。

「ジュリアスさん、飲み比べは竜騎士の登竜門なんだそうですよ」

「竜騎士に限らず、兵士はよく酒を飲む。戦場でもな。恐怖を忘れるためだ」

「酔っ払って戦えるんですか？」

「酒を飲むのは死に兵だ。……この先を聞きたいのか？」

私はぶんぶん首を振った。

ジュリアスさんの過去の話を聞くことができるのは貴重だと思うけれど、お祝いの席で戦争の話はよくない。まして、ディスティアナ皇国の話はしないほうがいいわよね。

「…………ファイサル様、大丈夫ですか？」

レイラさんがファイサル様を心配そうに見上げている。

特に顔色が変わらず、いつものように生真面目な表情を浮かべていたファイサル様だけれど、不意にその瞳が潤んで、目尻に涙が溜まり出した。

「レイラ……俺は幸せだ……俺のような不出来な男が、国を守ることができた。それに、仲間もこんなにたくさんいる……」

「よかったですわね、ファイサル様。とてもよかったですわ。だから、もうお酒はやめておきましょうね」

「いや、まだだ。ジュリアスと飲み比べをする約束をしたんだ。ジュリアス、我が友よ！　お前のような男が、俺のアレスを認めてくれた。これほど嬉しいことはない！」

うるうるしているファイサル様から熱烈な愛情表現をされて、ジュリアスさんは腕を組んで視線を逸らした。

完全無視である。いつもの通りの。

ロジュさんなら大丈夫だけれど、ファイサル様は繊細そうだから無視は駄目だと思う。

ロジュさんなら無視していいわけじゃないのだけれど。

「ジュリアスさん、返事をしましょうよ……お友達って言ってくれてるんですから」

私はジュリアスさんの腕をぐいぐい引っ張った。返事がない。もしかして寝てるのかしらというぐらいに完璧な無視だった。

「いいんだ、クロエ、わかっている。無愛想な中にあるジュリアスの優しさは、ジュリアスのクロエに対する愛情を見ていれば、一目瞭然だ。俺にはわかる。俺もレイラを愛しているからな！」

「ファイサル様、落ち着いて。ほら、ハンカチですよ。泣かない、泣かない」

「ジュリアスの黒い飛竜は、神々しいまでに美しい。だが、俺のアレスもまた忠誠心があつく勇敢なんだ。混ざり物を嫌うお前が認めてくれたことに、俺がどれほど救われたか……！　むろん約束は守る。ラシードは未改良の飛竜を守っていくと誓うが、それでも俺は、お前の優しさに感動した！」

ファイサル様の目元に、レイラさんがハンカチを押しつけている。

「…………クロエ。お前も昨日」

「……その節は大変ご迷惑をおかけしました。お酒には十分気をつけます……」

ジュリアスさんが私をチラリと見て言うので、私は猛省した。

ジュリアスさんが止めてくれなければ、私もファイサル様ぐらい泥酔して、今頃裸踊りを踊っていたかもしれないわね。

結局二千年前の甘露酒のまともな味の感想は誰からも聞けなかったけれど、飲まなくてよかった。

酩酊(めいてい)したファイサル様をレイラさんが「ファイサル様、ほら、少し休憩しましょう。よしよし、いい子ですわね」と子供をあやすように言いながら、手を繋いで大広間から王宮の奥へと連れていった。

王があのような様子で大丈夫なのかと呆れるジュリアスさんに、ラムダさんが笑いながら「ファイサル様は普段は冗談を言うこともない生真面目な方だからな。あのような姿を見ると、我らも守って差し上げなければと思うのだ」と言っていた。

私はジュリアスさんとともに豪華な食事を堪能した後、私たちに話しかけてくれるラシード神聖国の貴族の方々から逃れるように、王宮のバルコニーへと向かった。

日没の近い空は、橙色(だいだいいろ)から紫色に変わっていこうとしている。

一番星のすぐ下を、ヘリオス君とリュメネちゃんが、仲睦まじくじゃれるように、ゆったりと飛んでいる。

私はジュリアスさんを見上げてにっこり微笑む。

「今日は楽しかったですね、ジュリアスさん」

「あぁ……そうだな」

「色々ありましたけれど、リュメネちゃんや皆さんと出会えました。ラシードに来てよかったです」

悲しいことも苦しいこともあったけれど、今は皆で笑っていられる。

それが、嬉しい。

ジュリアスさんは俄に目を見開いて、少し強引に私を引き寄せると、腕の中に閉じ込めるようにしてきつく抱きしめた。

あとがき

こんにちは、はじめまして、東原ミヤコと申します。

この度は『捨てられ令嬢は錬金術師になりました。稼いだお金で元敵国の将を購入します。3』をお手にとってくださり、ありがとうございます！

王都で人気者のクロエちゃんがよりいっそうお金を稼ぐために最強の護衛ジュリアスさんと出会って、のんびりがっつり錬金術でお店経営生活をするはずが、ラシード神聖国という砂漠と神秘の国の戦いに巻き込まれてしまう――物語で言えば第二部の本作。

長く苦しい戦いも終わり小休止ということで、念願のラシード神聖国での観光を楽しむことができました。アストリアとはまた違った雰囲気の国で、固い絆と信頼関係で結ばれた、けれどいつも通りの二人の様子を楽しんでいただけたら幸いです。

今回も椎名咲月先生に素敵なイラストをご担当いただきまして、本当にありがとうございます！

ジュリアスさんの心の奥にある真摯さや情熱が、表紙からひしひし伝わってくるようです。

そしてクロエちゃんの幸せそうな表情……！

まだ不安なことはありますが、このまま幸せになってね二人とも……！　と思わずにはいられません。

　レイラさんやナタリアさんといった新しいキャラクターたちも、飛竜のリュメネちゃんも、大変魅力的に描いてくださり、この場をお借りしましてお礼申し上げます！

　ご担当いただきました椎名先生、ご尽力いただきました編集様、そして本作をお手にとってくださった皆様、いつも本当にありがとうございます！

　皆様のおかげで3巻を発売することができました。これからもご縁がありましたら、ぜひよろしくお願いいたします！

　それでは目一杯のありがとうをお伝えして満足しましたので、このあたりで失礼させていただきますね。

二〇二三年四月吉日　東原ミヤコ

好評発売中!

すれ違いにも気付いていない!? 尊い二人を
応援必至のまったりのほほんラブコメディ♡

追放された騎士好き聖女は今日も幸せ

真の聖女らしい義妹をいじめたという罪で婚約破棄されたけど、憧れの騎士団の寮で働けることになりました!

著:結生まひろ イラスト:いちかわはる

真の聖女であるらしい義妹をいじめたという罪で、王子から婚約破棄された伯爵令嬢のシベル。しかも、魔物が猛威をふるう辺境の地へ追放され、その地を守っている第一騎士団の寮で働くことに……。しかーし! 実はシベルは、鍛え上げられた筋肉を持つ騎士様が大好き!! 喜び勇んで赴いた辺境の地では、憧れの騎士様たちに囲まれて、寮母として楽しく幸せに暮らす毎日♪ そこで出会った騎士団長のレオは、謙虚でひたむきなシベルに想いを寄せはじめるが……!? 天然のほほん聖女シベルと、これまた天然で日々勘違いだらけのレオの恋の行く末はいかに――!

PASH!ブックスは毎月第1金曜日発売

PB

好評発売中！

森の恵み、動物たち、そして人間——
出会い、ともに食べ、別れ、生きていく。

スープの森
～動物と会話するオリビアと元傭兵アーサーの物語～

著：守雨　イラスト：むに

街から離れた森のほとりでスープ店を営むオリビアには、誰にも言えない秘密がある。人や動物の心の声が聞こえるのだ。そのせいで家族から疎まれ、五歳で修道院に送られるところを養祖父母に拾われ、この店に辿り着いた。それから二十年、オリビアは周囲の人間に心を閉ざして生きてきた。しかし、ある雨の朝にびしょ濡れでやってきた元傭兵のアーサーはそんな彼女に何かを感じて……!?　「スープの森」に訪れる、様々な出会いと別れの物語。

PASH！ブックスは毎月第1金曜日発売

この本を読んでのご意見・ご感想・ファンレターをお待ちしております。
〈宛先〉　〒104-8357　東京都中央区京橋3-5-7
（株）主婦と生活社　PASH!ブックス編集部
「東原ミヤコ先生」係
※本書は「小説家になろう」（https://syosetu.com）に掲載されていたものを、改稿のうえ書籍化したものです。
※この作品はフィクションであり、実在の人物・団体・法律・事件などとは一切関係ありません。

捨てられ令嬢は錬金術師になりました。稼いだお金で元敵国の将を購入します。3

2023年5月12日　1刷発行

著者　東原ミヤコ
イラスト　椎名咲月
編集人　山口純平
発行人　倉次辰男
発行所　株式会社主婦と生活社
〒104-8357　東京都中央区京橋3-5-7
03-3563-5315（編集）
03-3563-5121（販売）
03-3563-5125（生産）
ホームページ　https://www.shufu.co.jp
製版所　株式会社二葉企画
印刷所　大日本印刷株式会社
製本所　下津製本株式会社
デザイン　井上南子
編集　星友加里

ISBN978-4-391-15918-9